초속 5센티미터

5 Centimeters per Second

초속 5센티미터

5 Centimeters
per Second

신카이 마코토 지음

김혜리 옮김

목
차

제 1 화

「벚꽃 이야기」

5 Centimeters
per Second

1

"있잖아, 꼭 눈 같지 않아?"

아카리가 말했다.

벌써 17년 전, 우리가 막 초등학교 6학년이 되었을 때의 일이다. 방과 후, 우리는 가방을 메고 작은 잡목숲 옆을 지나고 있었다. 계절은 봄. 잡목숲에는 꽃이 활짝 핀 벚나무가 끝없이 늘어서 있었고, 아스팔트 바닥은 하늘하늘 떨어져 내린 벚꽃에 뒤덮여 온통 흰색이었다. 공기는 따뜻했고 하늘은 파란 물감을 살짝 풀어놓은 물처럼 연하고 투명한 푸른빛이었다. 넓은 간선 도로가 가까이 있고 오다큐선 전철이 바로 근처를 지나는데도, 우리가 있는 곳에서는 그 소음이 거의 들리지 않았다. 꽃잎은 소리 없이 흩날리고, 새들의 봄을 축복하듯 지저귀는 노랫소리만이 세상에 가득했다. 그곳에 있는 것은 오로지

우리 둘뿐이었다.

마치 그림으로 그린 듯한 어느 봄날의 풍경이었다.

그렇다, 적어도 내 기억 속에서는 그때의 추억이 그림처럼 혹은 영상처럼 남아 있다. 옛 추억을 더듬을 때, 나는 그 무렵의 우리 모습을 프레임 바깥의 약간 먼 곳에서 바라본다. 막 열한 살이 된 소년, 그리고 그 소년과 키가 엇비슷한 동갑내기 소녀. 두 사람의 뒷모습은 빛으로 가득한 세상 속에 당연한 듯이 포함되어 있다. 그 그림 속에서 두 사람은 언제나 뒷모습이다. 그리고 언제나 소녀 쪽이 먼저 뛰기 시작한다. 그 순간 소년의 마음속에서 스쳐지나간 작은 외로움을 나는 기억해냈고, 어른이 된 지금도 나는 그때를 떠올리면 아주 조금 서글퍼진다.

아무튼, 아카리는 그때 사방에서 흩날리는 벚꽃을 보며 "꼭 눈 같다"고 말했다. 하지만 내 눈에는 그렇게 보이지 않았다. 그때의 나는 벚꽃은 벚꽃, 눈은 눈이라고 생각했다.

"있잖아, 꼭 눈 같지 않아?"
아카리는 나보다 두 걸음 앞에서 걷고 있었다.
"그런가? 글쎄……."

"흥. 됐어."

아카리는 새침하게 말하면서 나를 향해 빙글 돌아섰다. 밤색 머리카락이 햇살을 받아 눈부시게 빛났다. 아카리는 또다시 알 수 없는 말을 꺼냈다.

"있잖아, 초속 5센티미터래."

"뭐가?"

"무엇일 것 같아?"

"모르겠어."

"스스로 생각 좀 해봐, 타카키."

그래도 알 수 없었기에 나는 솔직하게 모르겠다고 대답했다.

"벚꽃이 떨어지는 속도, 초속 5센티미터래."

초속 5센티미터…… 신기한 울림이다. 나는 순수하게 감탄했다.

"흠. 아카리는 그런 것을 잘 알더라."

아카리는 "후후"하고 기쁜 듯이 웃었다.

"다른 것도 알아. 비는 초속 5미터. 구름은 초속 1센티미터."

"구름? 하늘의 구름 말이야?"

"응. 하늘의 구름."

"구름도 떨어져? 떠 있는 것이 아니라?"

"구름도 떨어져. 떠 있는 것이 아니라. 구름은 작은 물방울의 집합체야. 그래서 아주 크고, 멀리 떠 있는 것처럼 보이는 것뿐이래. 구름의 물방울은 천천히 떨어지면서 점점 크기가 커지다가 비나 눈이 되어 내리는 거야.”

“……아하.”

나는 진심으로 감탄하며 하늘을 보았다가 다시 벚꽃을 보았다. 아카리가 소녀답게 명랑한 목소리로 이야기해주니 그것이 마치 중요한 우주의 진리라도 되는 양 느껴진다. 초속 5센티미터.

“……아하.”

아카리가 놀리듯 내 말을 따라 하더니 갑자기 뛰기 시작했다.

“아, 기다려. 아카리!”

나는 허겁지겁 아카리의 뒤를 쫓아갔다.

/////

그 무렵 아카리와 나는 벚꽃이 떨어지는 속도나 우주의 나이, 은이 녹는 온도처럼 텔레비전이나 책에서 얻은, 중요하다고 여겨지는 갖가지 지식을 하굣길에 즐겁게 교환하는 것이 습관처럼 되어 있었다. 흡사 동면에 들어가기 전 필사적으로 도토리를 모으는 다람쥐처럼, 혹은 출항 전 별자리 읽는 법을 열심히 배우는 여행자처럼 세상에 흩어져 있는 온갖 빛나는 단편들을 부지런히 수집했다. 왜인지 몰라도 그런 지식이 앞으로 우리 인생에 꼭 필요하게 될 거라고 진지하게 믿었다.

그렇다. 그래서 나와 아카리는 그 무렵 많은 것을 알고 있었다. 계절별 별자리 위치도 알았고 목성이 어느 방향에서 어떤 밝기로 보이는지도 알았다. 하늘이 파랗게 보이는 이유, 지구에 계절이 있는 이유, 네안데르탈인이 모습을 감춘 시기, 이제는 사라져 버린 캄브리아기 생물의 이름 같은 것들도 알고 있었다. 우리는 우리보다 훨씬 크고 멀리 있는 모든 것을 몹시도 동경했다. 지금은 그런 감정을 거의 잊어버렸지만. 지금은 그저 '예전에는 알고 있었다'는 사실만을 기억할 뿐이지만.

2

초등학교 4학년부터 6학년까지 3년간, 아카리와 만나고 헤어진 그 시간 동안 나와 아카리는 닮은꼴이었다고 생각한다. 둘 다 아버지 직장 때문에 전학이 잦았고, 그러다 도쿄의 초등학교로 전학 온 것이다. 3학년 때 내가 나가노에서 도쿄로 전학을 왔고, 아카리는 4학년 때 시즈오카에서 우리 반으로 전학을 왔다. 전학 첫날, 긴장한 표정으로 칠판 앞에 굳어 있던 아카리의 모습이 지금도 기억난다. 봄날의 햇살이 교실 창문으로 비쳐 들어왔다. 연한 분홍색 원피스를 입고 두 손을 꼭 모아 쥔 긴 머리 소녀는 어깨 아래쪽은 빛 속에, 어깨 위쪽은 그림자 속에 갈라져 담겨 있었다. 긴장해서 뺨은 발갛게 물들어 있고 입술은 꼭 깨물었으며, 동그랗게 뜬 눈은 앞쪽의 한 점을 뚫어지게 응시했다. 1년 전 나도 꼭 저런 표정을 지었을 거란 생각에 그 소녀가 몹시도 친근하게 느껴졌다. 그래서 아마도 내가 먼저 말을 걸었던 것 같다. 우리는 금세 친해졌다.

도쿄 세타가야구 토박이인 같은 반 친구들이 굉장히 어른스러워 보인다는 이야기, 전철역 앞에 사람이 너무 많아서 숨이 막힌다는 이야기, 수돗물이 깜짝 놀랄 만큼 맛이 없다는 이야기. 내게는 절실했던 이런 문제들을 공유할 수 있는 사람은 오로지 아카리뿐이었다. 우리는 둘 다 키가 작고 병치레가 잦았으며 운동장보다 도서관을 좋아하고 체육 시간을 싫어했다. 나도 아카리도 여럿이서 시끄럽게 떠들고 놀기보다 한 사람하고만 느긋하게 이야기를 나누거나 혼자 책 읽는 쪽을 좋아했다. 당시 나는 아버지가 근무하는 은행의 사택에서 살고 있었고 아카리 집도 마찬가지로 어떤 회사의 사택이었다. 집에 가는 길도 중간까지는 같았다. 그래서 우리는 아주 자연스럽게 서로를 필요로 하게 되었고, 쉬는 시간이나 방과 후의 많은 시간을 둘이서 함께 보냈다.

그러다 보니 당연히 같은 반 아이들에게 놀림도 많이 당하게 되었다. 지금 생각해보면 별것도 아닌 말이나 행동이었는데, 그 무렵의 나는 아직 그런 일들에 능숙하게 대처할 줄 몰랐고 별것 아닌 그 일들에도 매번 큰 상처를 받았다. 나와 아카리는 점점 더 서로를 필요로 하게 되었다.

한번은 이런 일이 있었다. 점심시간에 화장실에 갔다가 교실로 돌아와 보니 아카리가 칠판 앞에 혼자 우두커니 서 있었다. 칠판에는 우산 그림 밑에 나와 아카리의 이름이 적혀 있었다(지금 생각해보면 진짜 전형적인 장난이었다). 반 아이들은 멀찍이서 그런 아카리를 보면서 소곤대고 있었다. 아카리는 그런 장난을 하지 않기를 바라며, 그 낙서를 지워버리려고 칠판 앞까지 나오긴 했지만, 부끄러운 나머지 아무것도 하지 못하고 멈춰 서버린 것이리라. 나는 그 상황에 순간적으로 욱해서 말없이 교실로 들어가 칠판지우개로 낙서를 마구 지워버렸다. 그러고는 도대체 왜 그랬는지 모르겠지만 아카리의 손을 붙잡고 교실 밖으로 뛰쳐나왔다. 등 뒤에서 반 아이들이 놀리는 소리가 들려왔지만 우리는 무시하고 계속 달렸다. 나는 스스로도 믿을 수 없을 만큼 대담한 행동을 해버렸다는 생각이 들었고, 마주 잡은 아카리의 손이 부드럽다는 것이 느껴져 현기증이 날 정도였다. 나는 그때 비로소 이 세상이 무섭지 않다고 느꼈다. 앞으로도 내 인생에는 여러 번의 전학이나 시험 혹은 낯선 땅이나 낯선 사람들에게 적응해야 하는 어려움이 있을 테지만, 어떤 어려움이 있더라도 아카리만 있다면 이겨낼 수 있을 것 같았다. 연애라 부르기에는 아직 풋내 나는 감정이었지만 나는 그때 분명히 아카리를 좋아했고, 아카리 또한 나와 같은 마음이라는 것을 분명하게 느꼈다. 손을 꼭 마주 잡고 함께 달리면서 나는 그것을 더욱 확신할 수 있었다. 우리 둘이 함께 라면 앞으로 그 무엇도 두렵지 않으리라는 생각이 강하게 들었다.

그리고 그 마음은 아카리와 함께 지낸 3년 동안 빛바래지 않고 갈수록 더 단단해졌다. 우리는 집에서 약간 먼 사립 중학교에 같이 응시하기로 했다. 시험공부를 시작하면서 둘이 함께 보내는 시간이 더욱 길어졌다. 아마도 우리는 정신적으로 약간 조숙한 아이들이었던 것 같다. 그래서 우리가 둘만의 세계에 빠져 있다는 것을 자각하면서도, 그것이 앞으로 찾아올 새로운 중학교 생활을 위한 준비 기간에 불과하다고 철석같이 믿었다. 반 아이들과 어울리지 못했던 초등학교를 졸업한 후, 다른 학생들과 똑같이 새롭게 중학교 생활을 시작하면서 그곳에서 우리의 세상을 넓혀나갈 작정이었다. 그뿐 아니라 중학생이 되면 우리 사이의 이 흐릿한 감정도 좀 더 또렷한 윤곽을 갖추게 될 것이란 기대감도 있었다. 그리고 언젠가는 "좋아해" 라는 말을 서로에게 할 수 있게 되리라고. 주위와의 거리도, 서로 간의 거리도 분명히 더 적절하게 변해갈 거라고. 그렇게 우리는 앞으로 더 강해지고 더 자유로워질 거라고 믿었다.

이제 와 생각해보면 그 무렵 우리가 필사적으로 지식을 교환했던 것은 상실을 예감했기 때문이었는지도 모르겠다. 분명히 서로 끌리고 계속 함께 있기를 바랐지만, 어쩌면 그러지 못할 수도 있다는 것을 그동안 전학 다닌 경험을 통해서 느꼈고 그래서 두려워한 것일지도 모르겠다. 그래서 언젠가 소중한 사람이 사라져 버릴 때를 대비해 그의 단편을 필사적으로 교환했던 것일지도 모르겠다.

결국 나와 아카리는 삭사 다른 중학교로 진학하게 되었다. 초등학교 6학년 겨울밤, 아카리의 전화를 받고 그 사실을 알았다.

아카리와는 전화로 이야기한 적이 별로 없을 뿐 아니라 밤 늦은 시간(이라고 해보았자 밤 9시쯤이었지만)에 전화가 오는 것은 더욱 드문 일이었다. 그래서 엄마가 "아카리" 하면서 무선 전화기를 건네주었을 때 조금 불길한 예감이 들었다.

아카리는 전화기에 대고 작은 목소리로 "타카키, 미안해" 하고 말했다. 그 뒤로 믿을 수 없는 말이, 내가 제일 듣고 싶지 않았던 말이 이어졌다.

"같은 중학교에 갈 수 없게 됐어" 하고 아카리는 말했다. 아버지의 사정 때문에 봄방학 때 북쪽 지역 기타칸토의 작은 마을로 이사 가게 되었다고 했다. 금방이라도 울음을 터뜨릴 것처럼 떨리는 목소리였다. 나는 영문을 알 수 없었다. 갑자기 몸이 뜨거워지고 머리는 차가워졌다. 아카리가 무슨 말을 하는지, 어째서 그런 말을 나한테 해야만 하는지 이해가 잘 되지 않았다.

"어……, 그럼 니시중학교는 어쩌고? 힘들게 합격했는데."

나는 간신히 말을 꺼냈다.

"도치기현의 공립 중학교로 전학 수속을 밟을 거래……. 미안해."

수화기 너머로 차가 지나다니는 소리가 들렸다. 아카리가 공중전화에서 전화를 걸고 있다는 뜻이다. 나는 내 방에 있었지만 전화박스 안의 차가운 공기가 손가락을 타고 전해져오는 것만 같았다. 나는 다다미 바닥에 웅크리고 앉아 팔로 무릎을 끌어안았다. 무슨 대답을 해야 할지 알 수가 없었지만 그래도 어떻게든 할 말을 찾았다.

"아니……, 아카리가 사과할 일은 아니지만……. 그래도 좀……."

"가쓰시카에 사시는 작은엄마 댁에서 다니면 안 되냐고 물어봤지만 내가 아직 어려서 안 된다고……."

아카리의 숨죽인 울음소리가 들렸는데, 순간적으로 더는 듣고 싶지 않다는 생각이 강하게 들었다. 정신을 차려보니 나는 아카리에게 냉정하게 내뱉고 있었다.

"……알았다니까!"

그 순간 그녀가 숨을 삼키는 소리가 자그맣게 들렸다. 그럼에도 나는 말을 멈출 수가 없었다.

"이제 됐어."

나는 힘주어 말했다.

"이제 됐어……."

다시 한 번 그렇게 반복하면서 나는 필사적으로 눈물을 참았다. 어째서…… '어째서 항상 이렇게 돼버리는 걸까'.

10초 넘게 정적이 흐르다가 "미안해……" 하고 말하는 아카리의 목소리가 울음소리에 섞여 들려왔다. 나는 웅크리고 앉아 전화기를 귀에 꽉 댔다. 전화기를 귀에서 뗄 수도 없고 전화를 끊어버릴 수도 없었다. 전화기 너머에 있는 아카리가 내 말에 상처받았다는 사실을 직접 본 것처럼 잘 알 수 있었다. 하지만 어쩔 수 없었다. 나는 그런 일 앞에서 감정을 제어하는 법을 배우지 못했다. 나는 아카리와의 통화를 불편하게 끝내고 나서도 계속 무릎을 끌어안고 있었다.

그 후로 며칠을 나는 몹시 우울한 기분으로 보냈다. 나보다 훨씬 많이 불안했을 아카리에게 따스한 말 한마디 건네지 못했다. 나 자신이 정말 부끄러웠다. 그런 마음을 안은 채로 졸업식을 맞이했고, 어색한 분위기 그대로 아카리와 헤어졌다. 졸업식이 끝나고 아카리가 상냥한 목소리로 "타카키, 이제 헤어져야겠네" 하고 말을 걸어주었는데, 그때도 나는 고개만 숙였을 뿐 아무 대꾸도 하지 못했다. 하지만 어쩔 수 없지 않은가. 지금껏 나는 아카리에게만 의지해서 살아왔는데. 나는 어른이 되려 했지만 그것은 어디까지나 아카리가 있어주어야 가능한 일일 뿐, 아카리 없이는 아직 어린아이였던 것이다. 알 수 없는 힘에 모든 것을 빼앗겼는데 아무렇지 않을 리가 있겠는가. 아직 열두 살밖에 안 된 아카리에게는 선택의 여지가 없었을 것이다. 하지만 그렇다 하더라도 우리는 그런 식으로 헤어져서는 안 되었다. 절대로.

/////

마음은 여전히 수습되지 않았음에도 이윽고 중학교 신학기가 시작되었다. 나는 싫어도 그 낯선 새 출발의 나날들과 맞서 싸워야만 했다. 아카리와 함께 다닐 예정이었던 중학교에 혼자 다니고, 조금씩 새 친구들을 사귀었으며, 큰마음 먹고 축구부에 들어가서 운동도 시작했다. 초등학교 때에 비하면 매일같이 바빴지만 내게는 오히려 그것이 나았다. 혼자서 보내는 시간이 예전처럼 편하지가 않았다. 편하기는커녕 솔직히 고통스러웠다. 그래서 나는 최대한 적극적으로 친구들과 긴 시간을 보냈고, 밤에는 숙제를 다 하자마자 얼른 이불 속으로 들어갔으며, 매일 일찍 일어나 열심히 축구부 아침 훈련에 참가했다.

분명 아카리도 새로운 곳에서 나처럼 바쁜 나날을 보내고 있을 테지. 그렇게 살면서 점차 나를 잊어주기를 바랐다. 마지막에 내가 아카리를 외롭게 만들고 말았으니까. 나 또한 아카리를 잊어야 한다. 나도 아카리도 전학 다닌 경험을 통해 그 방법을 배워왔을 터였다.

본격적으로 더워지기 시작하는 여름 무렵, 아카리에게서 편지가 왔다.

아파트 우편함에서 연한 분홍색 편지지를 발견하고 그것이 아카리가 보낸 편지임을 알았을 때, 나는 기쁨보다 당혹감을 먼저 느꼈던 것으로 기억한다. '왜 이제 와서……' 하고 나는 생각했다. 지난 반년 동안 아카리가 없는 세상에 익숙해지려고 필사적으로 노력해왔건만. 편지 같은 것을 받았다가는 아카리가 없는 외로움을 기억해내고 말 텐데.

그렇다. 결국 나는 아카리를 잊으려 했지만 오히려 아카리만을 생각하고 있었던 것이다. 친구들을 많이 사귀었지만 오히려 그때마다 아카리가 얼마나 특별했는지를 깨달았을 뿐이다. 나는 방에 틀어박혀 아카리가 보낸 그 편지를 읽고 또 읽었다. 수업 중에도 교과서 사이에 끼워놓고 몰래 읽었다. 내용을 모조리 외워버릴 정도로 반복해서……

그 편지는 '토노 타카키에게'라는 말로 시작되었다. 아카리의 그립고도 단정한 글씨체다.

"정말 오랜만이야. 잘 지내? 내가 사는 동네의 여름도 덥지만 도쿄에 비하면 지내기가 훨씬 편해. 하지만 지금 생각해보면 나는 도쿄의 푹푹 찌는 여름도 좋아했어. 녹아버릴 듯이 뜨겁던 아스팔트도, 아지랑이 너머로 보이던 고층 빌딩도, 백화점이나 지하철에서 추울 정도로 틀어대던 에어컨도."

묘하게 어른스러운 문장 사이사이에 작은 삽화가 그려져 있었는데(태양이나 매미나 빌딩 같은 것), 나는 그것을 보고 소녀 아카리가 어른이 되어가는 모습을 상상했다. 짧게 근황만 담은 편지였다. 네 량짜리 전철을 타고 공립 중학교에 다닌다는 이야기, 체력을 키우기 위해 농구부에 들어갔다는 이야기, 큰마음 먹고 귀가 드러날 정도로 머리를 짧게 잘랐다는 이야기, 그랬더니 의외로 어색하다는 이야기. 나를 만나지 못해서 외롭다거나 하는 내용은 없었고, 글귀만 보아서는 그녀가 새로운 생활에 순조롭게 적응하고 있는 것처럼 느껴지기도 했다. 하지만 아카리는 분명 나를 보고 싶어 한다. 이야기를 나누고 싶어 한다. 외로워한다. 나는 그것을 느꼈다. 그렇지 않다면 편지

같은 것을 쓸 리가 없다. 그리고 그 마음은 나도 똑같았다.

그 후로 나와 아카리는 한 달에 한 번꼴로 편지를 주고받게 되었다. 그때부터 나는 예전보다 삶이 훨씬 편해졌다는 느낌이 들었다. 예를 들어 수업이 지루하면 확실히 지루하다고 생각할 수 있게 되었다. 아카리와 헤어진 후에는 그저 '그러려니' 여겼던 축구부의 버거운 훈련이나 선배들의 부조리한 태도도 이제는 명확히 인식할 수 있게 되었다. 그러자 신기하게도 버티기가 훨씬 쉬워졌다. 우리는 편지에 일상의 불만이나 불평을 쓰진 않았다. 하지만 이 세상에 나를 이해해주는 딱 한 사람이 있다는 감각이 우리를 강하게 만들었다.

그렇게 중학교 1학년 여름이 지나고, 가을이 지나고, 겨울이 왔다. 나는 열세 살이 되었다. 지난 몇 개월 동안 키가 7센티미터나 자랐으며 몸에는 근육이 붙어 예전보다 감기에 잘 걸리지 않게 되었다. 나와 세상의 거리가 예전에 비해 훨씬 적절해져 간다고 느껴졌다. 아카리도 열세 살이 되었을 터였다. 같은 반 여학생들의 교복 입은 모습을 보면서 나는 때때로 아카리의 외모가 어떻게 변했을지 상상했다. 어느 날 아카리가 편지에 초등학교 때처럼 나랑 같이 벚꽃을 보고 싶다고 썼다. 그녀의 집 가까이에 굉장히 커다란 벚나무가 있다고. "봄에는 아마 그 나무에서도 벚꽃 잎이 초속 5센티미터로 떨어지겠지"라면서.

　3학기에 들어선 후 나는 전학을 가게 되었다.

　이사는 봄방학 동안에 하기로 했는데 장소는 규슈현의 가고시마, 그것도 규슈 본섬에서 멀리 떨어진 섬이라고 했다. 도쿄의 하네다 공항에서 비행기로 두 시간 정도 걸리는 거리다. 거의 이 세상 끝이나 다름없는 곳이라고 나는 생각했다. 하지만 이미 그러한 생활 변화에 익숙했던 까닭에 그리 당혹스럽지는 않았다. 문제는 아카리와의 거리였다. 우리는 중학교에 진학한 이후 서로 만나지는 못했지만 사실상 아주 멀리 떨어져 있는 것도 아니었다. 아카리가 사는 기타칸토의 지방 도시와 내가 사는 도쿄는 전철을 갈아타고 세 시간 정도면 갈 수 있는 거리였으니까. 생각해보면 우리는 토요일이나 일요일에 만날 수도 있었다. 그런데 내가 일본 남단의 도시로 이사해버리면 이번에야말로 아카리와 만날 가능성은 없어져버린다.

　나는 아카리에게 이사 가기 전에 한번 만나고 싶다고 편지를 보냈다. 장소와 시간도 후보를 뽑아 적어 보냈다. 아카리는 금방 답장을 보냈다. 둘 다 3학기 기말시험이 있고 나는 이사 준비, 아카리는 동아리 활동이 있어서 서로 시간을 맞추다 보니 학기 말 방과 후의 시간으로 약속을 잡게 되었다. 우리는 전철 시간표를 조사해보고 밤 7시에 아카리 집 근처의 역에서 만나기로 했다. 그 시간이라면 방과 후 동아리 활동을 빼먹고 수업이 끝나자마자 출발하면 도착할 수 있고, 아카리를 만나 두 시간 정도 이야기를 나누다 마지막 전철을 타고 집으로 돌아올 수 있었다. 어쨌든 그날 안으로만 집에 들어올 수 있다면 부모님에게도 얼마든지 둘러댈 방법이 있다. 오다큐선과 사이쿄선, 그리고 우쓰노미야선과 료모선을 갈아타야 하지만 그냥 갈아타기만 하는 것이기 때문에 요금도 왕복 3,500엔 정도면 되었다. 당시의 내게는 적지 않은 돈이었지만 아카리를 만나는 일이 더 중요했다.

약속한 날까지 아직 2주는 남았던 터라 나는 아카리에게 줄 장문의 편지를 오랜 시간에 걸쳐서 썼다. 아마도 그것은 내가 태어나서 처음으로 써본 연애편지였을 것이다. 내가 꿈꾸는 미래가 어떤 것인지, 좋아하는 책이나 음악이 무엇인지, 또 아카리가 내게 얼마나 소중한 존재인지. 어쩌면 유치하고 풋내나는 감정의 표현이었을지 몰라도 나는 최대한 정직하게 써 내려갔다. 구체적으로 무슨 내용이었는지 지금은 잘 기억나지 않지만 편지지로 여덟 장쯤 되었던 것 같다. 그 무렵의 나는 아카리에게 전하고 싶은 말, 알리고 싶은 일이 정말로 많았다. 그 편지를 아카리가 읽어주기만 하면 나는 가고시마에서도 잘 버텨낼 수 있으리라 생각했다. 그것은 아카리가 알아주기를 바랐던 당시 나의 단편이었다.

아카리에게 보낼 편지를 쓰는 며칠 동안 나는 아카리 꿈을 몇 번 꿨다.

꿈속에서 나는 몸집이 작고 재빠른 새였다. 전선으로 뒤덮인 밤의 도심을 헤치고 날카롭게 날개를 퍼덕이면서 빌딩 위로 날아올랐다. 땅을 달리는 것보다 몇 백 배는 빠른 속도와 세상에서 단 하나뿐인 소중한 사람 곁으로 가고 있다는 들뜬 마음에 작은 새가 된 내 몸에서는 짜릿한 쾌감이 흘러넘쳤다. 삽시간에 지상이 멀어졌고, 거리에 밀집한 불빛은 세찬 밤바람에 별처럼 반짝였으며, 줄지어 선 차량들의 불빛이 꼭 맥박 치는 동맥이나 정맥처럼 보였다. 이윽고 내 몸은 구름을 뚫고 달빛이 가득히 쏟아지는 운해(雲海)로 빠져나왔다. 푸르고 투명한 달빛이 구름 봉우리를 희미하게 비추자 마치 다른 별에 있는 것 같은 느낌이 들었다. 내가 원하면 세상 어디든 갈 수 있다는 기쁨에 깃털로 뒤덮인 몸이 강렬하게 떨렸다. 눈 깜짝할 사이에 목적지가 가까워지고 나는 의기양양하게 급강하하여 눈 아래 펼쳐진 그녀가 사는 땅을 보았다. 드넓게 펼쳐진 벌판, 드문드문 보이는 인가의 지붕. 곳곳에 우거진 수풀 사이로 움직이고 있는 한줄기 빛이 보인다. 전철이다. 저기에는 분명 내가 타고 있을 것이다. 이윽고 전철역 승강장에서 홀로 전철을 기다리고 있는 그녀를 발견했다. 귀가 드러날 정도로 머리를 짧게 자른 소녀가 승강장 벤치에 홀로 앉아 있었고, 그 옆에는 커다란 벚나무 한 그루가 서 있다. 아직 벚꽃은 피지 않았지만 나는 그 단단한 껍질 속에서 숨 쉬는 아름다운 풍경을 느꼈다. 소녀는 곧 나를 알아채고 하늘을 올려다보았다. 이제 곧 만날 수 있다. 이제 곧⋯⋯.

3

아카리와 약속한 당일에는 아침부터 비가 내렸다. 하늘은 꼭 뚜껑을 덮은 것처럼 온통 잿빛이었고 가늘고 차가운 빗방울이 쏟아져 내렸다. 마치 조금씩 다가오던 봄이 변심해서 발길을 돌려버리기라도 한 듯 한겨울 같은 날이었다. 나는 교복 위에 진한 갈색 더플코트를 걸쳐 입고 아카리에게 줄 편지를 책가방 깊숙이 넣은 다음 학교로 향했다. 밤늦게 돌아올 예정이라 부모님에게는 귀가가 늦어도 걱정하지 말라는 편지를 남겼다. 부모님들끼리 서로 아는 사이가 아니라 미리 사정을 말해보았자 허락하지 않을 거라고 생각했기 때문이다.

나는 그날 하루, 수업 시간 내내 창밖만 보면서 들떠 있었다. 수업 내용이 전혀 머리에 들어오지 않았다. 아마도 교복을 입고 있을 아카리의 모습을 상상해보았고, 어떤 이야기를 나눌

지 생각해보았으며, 아카리의 기분 좋은 음성을 떠올려보았다. 그렇다, 당시에는 확실히 의식하지 못했지만 나는 내가 아카리의 목소리를 정말 좋아했다는 사실을 새삼 깨달았다. 아카리의 목소리가 '공기를 흔드는 방식'을 나는 좋아했다. 그 목소리는 언제나 내 귀를 상냥하고 부드럽게 자극했다. 이제 곧 그 목소리를 들을 수 있는 것이다. 그런 생각을 하고 있으려니 몸이 뜨겁게 달아올랐고, 나는 마음을 진정시키기 위해서 비 오는 창밖을 내다보았다.

비.

초속 5미터로 내리는 비. 창밖은 대낮인데도 어두컴컴했고 빌딩이나 아파트 창문에는 불이 많이 켜져 있었다. 저 멀리 보이는 아파트 현관의 형광등이 꺼져 가는지 불이 가끔 깜박거렸다. 내가 지켜보는 사이에 빗방울이 점점 더 굵어지더니 그날 수업이 끝날 무렵에는 눈으로 바뀌었다.

방과 후, 나는 반 아이들이 다 나간 것을 확인한 다음 가방에서 편지와 쪽지를 꺼냈다. 잠시 고민하다 편지를 코트 주머니에 넣었다. 아카리에게 꼭 전해주고 싶었기에 언제라도 손에 잡히는 곳에 넣어두는 편이 좋을 것 같아서다. 쪽지는 전철 환승 방법과 승차 시간을 정리한 것으로, 나는 이미 몇 십 번은 보았을 그 쪽지를 다시 한 번 확인했다.

우선 고토쿠지역에서 오후 3시 54분에 출발하는 오다큐선을 타고 신주쿠역으로 간다. 거기서 사이쿄선으로 갈아타고 오미야역까지 간 다음, 우쓰노미야선으로 갈아타고 오야마역까지 간다. 그리고 거기서 료모선으로 갈아타면 6시 45분에 목적지인 이와후네역에 도착한다. 아카리와는 이와후네역에서 밤 7시에 만나기로 했으니까 딱 맞추어 도착할 수 있을 것이다. 혼자서 이렇게 오랫동안 전철을 타고 가는 것은 처음이지만 괜찮을 거라고 스스로를 안심시켰다. 괜찮다, 전혀 어려울 것 없다.

어둑해진 학교의 계단을 뛰어 내려가 현관에서 신발을 갈아신기 위해 신발장 문을 열었다. 철제문을 열 때 '철컹' 하는 소리가 나서 아무도 없는 현관 홀을 크게 울렸고, 그것만으로도 심장 박동이 약간 빨라졌다. 아침에 들고 온 우산은 놓아두고 가기로 하고 밖으로 나와 하늘을 올려다보았다. 아침에 공기에서 나던 비 냄새가 지금은 확실하게 눈 냄새로 바뀌어 있다. 비 냄새보다 훨씬 투명하고 날카로우면서 마음이 조금 수런거리는 냄새다. 잿빛 하늘에서 하얀 파편들이 무수히 떨어지는 듯, 가만히 보고 있으면 하늘로 빨려 들어갈 것만 같다. 나는 얼른 후드를 뒤집어쓰고 역으로 달려갔다.

　신주쿠역에 혼자 온 것은 처음이다. 내 생활권에서는 거의 올 일이 없는 곳이니까. 그런데 생각해보니 몇 달 전쯤에 같은 반 친구와 영화를 보러 온 적이 있었다. 그때는 친구랑 같이 오다큐선을 타고 신주쿠역까지 와서 JR 동쪽 출구로 나갈 때까지 엄청나게 헤맸다. 영화 내용보다도 복잡하고 혼잡했던 신주쿠역이 훨씬 더 강하게 인상에 남아 있다.

　오다큐선 개찰구를 나온 나는 길을 헤매지 않도록 멈춰 서서 안내판을 신중하게 본 다음 'JR선 매표소'라고 되어 있는 방향으로 서둘러 걸어갔다. 기둥이 늘어선 거대한 공간 너머에 수십 대의 승차권 발매기가 쭉 놓여 있었다. 나는 사람이 빨리 빠질 것 같은 줄에 서서 내 차례가 오기를 기다렸다. 내 앞에 선 직장인으로 보이는 여자한테서 희미한 향수 냄새가 났는데, 왜인지 몰라도 가슴이 저린 것 같기도 하고 아픈 것 같기도 한 기분이 들었다. 내 옆줄이 움직이자 이번에는 옆에 선 중년 남성의 코트에서 나프탈렌 냄새가 풍겼는데, 그 냄새가 이사할 때 느끼는 것과 비슷한 막연한 불안감을 불러일으켰다. 많은 사람의 목소리가 한데 뭉쳐서 '우우웅' 하는 나지막한 울림으로 변해 지하 공간을 채우고 있다. 신발 끝부분이 눈에 젖어서 조금 차가웠고 머리가 약간 어지러웠다. 드디어 내 차례가 되었는데, 승차권 발매기에 버튼이 없다는 사실에 당황하고 말았다(그 무렵에는 아직 역의 승차권 발매기 대부분이 버튼식이었다). 옆 사람을 슬쩍 훔쳐보고 화면을 직접 눌러 목적지를 선택하면 된다는 것을 알았다.

나는 자동 개찰구를 지나 역 안으로 들어간 후, 시야 끝까지 이어진 승강장 안내판들을 유심히 살펴보면서 사람들을 헤치고 사이쿄선 승강장을 찾아 이동했다. 야마노테선 외선 순환, 소부선 나카노 방면, 야마노테선 내선 순환, 소부선 지바 방면, 추오선 쾌속, 추오혼선 특급……. 승강장을 몇 곳이나 지나다가 역내 안내도를 발견하고, 멈춰 서서 그것을 유심히 살폈다. 사이쿄선 승차장은 제일 안쪽이었다. 주머니에서 쪽지를 꺼내 손목시계(중학교 입학 기념으로 선물 받은 검은색 지샥) 시간과 비교해보았다. 신주쿠역 출발 4시 26분. 손목시계의 디지털 숫자는 4시 15분을 나타내고 있었다. 괜찮다, 아직은 시간이 충분하다.

역 안에서 화장실을 발견하고는 만약을 위해 들렀다. 사이쿄선을 40분쯤 타고 가야 하니까 미리 들렀다 가는 편이 좋겠다고 생각했다. 손을 씻을 때 거울에 비친 내 모습을 확인했다. 지저분한 거울 너머로 하얀 형광등 불빛에 비친 내 모습이 보인다. 지난 반년 동안 키도 자랐으니 조금은 어른스러워졌을 터였다. 추워서인지 아니면 흥분했기 때문인지 뺨이 살짝 상기되어 있었다. 왠지 창피했다. 나는 이제 아카리를 만나는 것이다.

사이쿄선 전철 안은 귀가하는 사람들로 붐비기 시작해서 빈자리가 없었다. 나는 다른 사람들을 따라 맨 끝쪽 벽에 기대어 천장에 매달린 주간지 광고도 보고, 창밖도 내다보고, 때때로 다른 승객들도 훔쳐보았다. 시선도 마음도 도무지 진정이 되지를 않아서 가방 안에 든 SF 소설을 꺼내서 읽을 생각조차 들지 않았다. 자리에 앉은 여고생과 그 앞에 선 친구처럼 보이는 여학생의 대화가 드문드문 들려온다. 둘 다 짧은 치마 밑으로 늘씬한 맨다리를 드러내고 루즈 삭스를 신고 있었다.

"지난번에 만난 그 아이 어땠어?"

"누구?"

"키타고등학교 애 말이야."

"에이, 걔 좀 별로야."

"무슨 말이야. 완전 내 스타일이던데."

아마 미팅 같은 데서 만난 남학생 이야기인 것 같다. 내 이야기를 하는 것도 아닌데 괜히 조금 창피해졌다. 나는 손가락 끝에 닿는 코트 주머니 속 편지의 감촉을 확인하면서 창밖으로 시선을 돌렸다. 전철은 아까부터 고가 위를 달리고 있다. 처음 타보는 노선이다. 평소 타는 오다큐선하고는 흔들리는 느낌이

나 달리는 소리가 미묘하게 달랐고, 그것이 낯선 장소로 향하는 내 불안한 심정을 더욱 부채질했다. 아련한 겨울 햇살이 하늘을 흐린 오렌지 빛으로 물들이고, 지상에는 눈에 보이는 모든 곳에 건물들이 빽빽하게 들어차 있다. 눈은 계속 내리고 있었다. 이미 도쿄를 벗어나서 사이타마현으로 들어선 걸까? 익숙하게 보아온 풍경보다 거리가 훨씬 질서 있게 보인다. 중간 정도 높이의 건물과 아파트들이 지상을 메우고 있다.

중간에 무사시우라와라는 역에서 쾌속 전철 시간 조정을 위해 전철이 멈추어 섰다. "오미야까지 가실 승객들께서는 맞은편 승강장에서 환승해주십시오"라는 안내 방송이 나왔다. 승객 중 절반 정도가 우르르 내려 맞은편 승강장으로 가서 줄을 서기 시작했고, 나도 그 줄 맨 끝에 가서 섰다. 쉼 없이 내리는 눈을 뚫고 저녁 해가 고개를 빼꼼히 내밀고 있었다. 그 햇살을 받아 수백 개의 지붕이 아련하게 빛나고 있다. 그 풍경을 바라보다 갑자기 오래전에 여기 와본 적이 있다는 사실을 기억해냈다.

그렇다, 사이쿄선을 타본 것이 이번이 처음이 아니었다.

초등학교 3학년에 올라가기 직전 나가노에서 도쿄로 이사했을 때, 나는 부모님과 함께 오미야역에서 이 전철을 타고 신주쿠역으로 갔었다. 나가노의 익숙한 전원 풍경과는 완전히 다른 이 풍경을 나는 극심한 불안을 안고서 전철 창문으로 내다보았다. 앞으로는 사방이 온통 건물뿐인 이런 풍경 속에서 살아야 하나 생각하자 불안해서 눈물이 나올 것 같았다. 그럼에도 그로부터 5년의 세월이 흘렀고, 나는 '일단 지금까지는 잘 살아남았다'고 생각했다. 나는 겨우 열세 살이었지만 정말로 그렇게 생각했다. 아카리가 나를 구해준 것이다. 그리고 아카리도 마찬가지이기를 기도했다.

　신주쿠만큼은 아닐지라도 오미야역도 규모가 큰 터미널 역이었다. 나는 사이쿄선에서 내려 긴 계단을 올라간 후 인파를 헤치고 우쓰노미야선 승강장으로 향했다. 그곳에서 전철을 갈아타야 한다. 눈 냄새가 더욱 강해졌고 오가는 사람들의 신발도 눈 녹은 물을 흡수해서 축축해져 있었다. 우쓰노미야선 승강장 또한 퇴근하는 사람들로 붐볐고, 전철 문이 열리는 위치에는 사람들이 길게 줄을 서 있었다. 나는 그 줄에서 멀찍이 떨어져 전철을 기다렸다. 줄을 서보았자 어차피 또 못 앉을 것이기 때문이다. 그런데 문득 불길한 예감을 느꼈다. 그 이유가 역내 방송 때문임을 알아차리기까지는 잠시 시간이 걸렸다. "승객 여러분께 안내 말씀드립니다. 우쓰노미야선 오야마, 우쓰노미야 방면 열차가 현재 눈 때문에 8분 정도 도착이 지연되고 있습니다"라는 안내 방송이 나오고 있었다.

그 순간까지 나는 전철이 지연될 수 있다는 것을 생각조차 하지 않았다. 쪽지와 손목시계를 비교해보았다. 쪽지대로라면 5시 4분에 전철을 탔어야 하지만 벌써 5시 10분이었다. 갑자기 추위가 심해진 것 같은 느낌이 들면서 몸이 부들부들 떨렸다. 2분 후에 빠아아아앙…… 하고 긴 경적을 울리며 전철의 헤드라이트가 다가왔다. 그때까지도 한기는 가라앉지 않았다.

/////

우쓰노미야선은 오다큐선이나 사이쿄선보다 훨씬 혼잡했다. 직장인과 학생들이 일과를 마치고 집으로 돌아가는 시간이었기 때문이다. 차량은 오늘 타고 온 다른 전철들보다 훨씬 낡았고, 좌석도 네 명이 서로 마주 보고 앉게 되어 있었다. 예전에 나가노에 있을 때 지역 내에서 운행하던 전철이 떠올랐다. 나는 한 손으로 의자 손잡이를 붙들고 다른 한 손은 코트 주머니에 찔러 넣은 채로 통로에 섰다. 전철 안은 난방을 틀어서 따뜻했다. 창문에는 김이 서렸고 창문 네 귀퉁이에는 물방울이 맺혀 있었다. 승객들은 많이 지친 듯 다들 말이 없었는데 그 모습이 형광등이 켜진 이 낡은 차량과 몹시 어울려 보였다. 왠지 나만 이곳과 어울리지 않는 것처럼 느껴졌다. 나는 그 위화감을 조금이라도 덜기 위해 될 수 있는 대로 한숨을 꾹 참고 흘러가는 창밖 풍경만 빤히 바라다보았다.

　창밖에 건물이 점차 드물어지고 끝없이 펼쳐진 전원 풍경은 온통 눈으로 뒤덮여 있다. 저 멀리 어둠 속에서 인가의 불빛이 드문드문 깜박이는 것이 보였다. 붉은색으로 점멸하는 램프가 달린 거대한 철탑이 멀리 산봉우리까지 일정한 간격으로 서 있다. 그 검고 거대한 실루엣이 흡사 설원에 정렬한 수상한 거인 병사들처럼 보였다. 여기는 내가 전혀 모르는 세상이다. 그 풍경을 바라보면서 나는 아카리와의 만남을 걱정했다. 만일 약속 시간에 늦게 되더라도 아카리에게 알릴 방법이 없다. 당시에는 중학생이 들고 다닐 만큼 휴대 전화가 보급되어 있지 않았고, 나는 아카리가 이사 간 집 전화번호도 알지 못했다. 창밖에서는 눈발이 점점 더 거세지고 있었다.

　원래대로라면 한 시간 정도 걸리는 다음 환승역 오야마역까지 열차는 거북이 운행을 했다. 도쿄의 노선이라면 상상도 못할 만큼 역과 역 사이의 거리가 멀었고, 열차는 멈추는 역마다 상상도 못할 만큼 오랫동안 정차했다. 그때마다 차내에서는 항상 똑같은 안내 방송이 흘렀다. "승객 여러분께 양해 말씀 올립니다. 이 열차는 후속 열차의 지연으로 이 역에서 잠시 정차하겠습니다. 바쁘신 와중에 불편을 끼쳐서 정말 죄송합니다만 잠시 기다려주십시오……."

나는 몇 번이고 반복해서 시계를 보면서 아직 밤 7시가 되지 않았기를 애타게 빌었다. 하지만 거리는 줄어들지 않은 채 시간만 확실하게 지나갔고, 그때마다 뭔가 보이지 않는 힘에 꽁꽁 묶인 것처럼 온몸이 무겁게 아팠다. 마치 내 주위에 보이지 않는 공기 감옥이 있는데 그 감옥이 점점 좁혀오는 느낌이었다.

약속 시간까지 맞추어 가는 것은 이제 확실하게 불가능해졌다.

마침내 약속한 밤 7시가 되었을 때, 전철은 오야마역에도 도착하지 못하고 그 두 정거장 전인 노기라는 역에 멈추어 서 있었다. 아카리랑 만나기로 한 이와후네역은 오야마역에서 전철을 갈아타고 다시 20분쯤 더 가야 하는 곳이었다. 오미야역에서 출발한 후 두 시간 동안 나는 어쩔 수 없는 초조함과 절망 때문에 신경이 계속 팽팽하게 곤두서 있었다. 지금까지 살면서 겪어본 시간 중에 이렇게 길고 괴로운 것은 처음이었다. 열차 안이 추운지 더운지조차 이제는 알 수 없다. 느껴지는 것이라고는 차량에 감도는 캄캄한 밤의 내음과 점심때 이후로 아무것도 먹지 않았기에 드는 공복감뿐이다. 정신을 차려보니 열차 안에는 어느 틈엔가 사람도 적어졌고 서 있는 사람은 나혼자였다. 나는 비어 있는 근처 자리에 가서 털썩 앉았다. 순간다리가 찡하니 저려오고 몸속 깊은 곳에서부터 온몸의 피부로 피로가 솟아오르는 듯했다. 몸에 부자연스럽게 힘이 들어가 있는데 그 힘을 뺄 수가 없었다. 나는 코트 주머니에서 아카리에게 쓴 편지를 꺼내 물끄러미 바라보았다. 지금쯤 아카리는 약속한 시간이 지났기에 불안해지기 시작했을 것이다. 문득 아카리와 마지막으로 했던 전화 통화를 떠올렸다. '어째서 항상 이렇게 돼버리는 걸까.'

전철은 노기역에서 그 후로도 15분을 꼬박 서 있다가 다시 움직이기 시작했다.

/////

마침내 전철이 오야마역에 도착한 것은 7시 40분이 지날 무렵이었다. 전철에서 내려서 갈아탈 료모선 승강장까지 달려갔다. 쓸모없어진 쪽지는 구겨서 눈에 보이는 쓰레기통에 버렸다.

오야마역은 건물만 크고 사람은 별로 없었다. 역사 안을 뛰어서 지나갈 때 대합실 같은 장소에서 몇 사람이 난로를 둘러싸고 앉아 있는 것이 보였다. 가족이 차로 마중 나오기로 한 걸까? 그 사람들은 이곳 풍경에 자연스럽게 녹아 있는 것처럼 보였다. 나만 초조함에 시달리고 있다.

료모선 승강장은 계단을 내려와 지하 통로 같은 곳을 빠져나온 곳에 있었다. 바닥은 별다른 장식이 없는 콘크리트 바닥이며, 굵은 콘크리트 사각기둥이 똑같은 간격으로 서 있고, 천장에는 여러 개의 파이프가 얽혀 뻗어 있었다. 양쪽이 뻥 뚫려 있는 탓에 우오오오옹 하고 낮게 신음하는 눈보라 소리가 승강장을 채웠다. 푸르스름한 형광등 불빛이 터널처럼 뻥 뚫린 이 공간을 흐릿하게 비추었다. 매점의 문도 이미 굳게 닫혀 있었다. 꼭 엉뚱한 곳으로 잘못 들어온 것 같은 기분이 들었지만, 그래도 승객 몇 명이 승강장에서 전철을 기다리고 있어서 마음을 놓았다. 국수를 파는 작은 포장마차와 그 옆의 자판기 두 대에서 흘러나오는 노란 불빛만은 그나마 따스해 보였지만 전체적으로 몹시 추운 장소였다.

"현재 료모선은 폭설로 인해 대폭 지연 운행되고 있습니다. 승객 여러분께 불편을 끼쳐드려 대단히 죄송합니다. 열차가 도착할 때까지 잠시만 더 기다려주십시오."

형식적인 안내 방송이 나오고 있다. 나는 추위를 조금이라도 덜기 위해 코트에 달린 후드를 뒤집어썼다. 그러고는 바람을 피해 콘크리트 기둥에 기대서 열차가 오기를 가만히 기다렸다. 날카로운 냉기가 콘크리트 바닥을 타고 온몸으로 기어올랐다. 기다리고 있을 아카리 때문에 초조한 마음과 체온을 계속 빼앗아가는 추위와 칼로 찌르는 것 같은 공복감 탓에 나는 몸이 굳어져갔다. 아저씨 두 명이 국숫집 카운터에 서서 국수를 먹고 있는 것이 보였다. 국수를 먹을까 하다가 마음을 바꾸었다. 아카리도 주린 배를 안고서 내가 오기만을 기다리고 있을지 모른다는 생각이 들어서다. 대신 따뜻한 캔 커피나 마실까 싶어 자판기 앞으로 갔다. 코트 주머니에서 지갑을 꺼내려는데 아카리에게 주려고 쓴 편지가 그만 바닥으로 툭 떨어졌다.

지금 생각해보면 그 사건이 없었던들 과연 아카리에게 편지를 건넬 수 있었을지 잘 모르겠다. 어느 쪽이 되었든 결과는 달라지지 않았을 것 같기도 하다. 우리 인생은 짜증 날 정도로 방대한 사건들이 집적된 것이고, 그 사건은 그중 단 하나의 요소에 불과하기 때문이다. 결국은 아무리 강한 마음도 긴 시간 축 안에서 천천히 변해가는 법이다. 편지를 건넸건, 건네지 않았건.

지갑을 꺼내려다 주머니에서 바닥에 떨어진 편지는 때마침 불어온 강풍에 날려서 승강장을 벗어나 어둠 속으로 사라져버렸다. 눈 깜짝할 사이에 일어난 일이다. 그 순간 나는 거의 울음을 터뜨릴 뻔했다. 하지만 반사적으로 고개를 숙이고 이를 꽉 깨물면서 어떻게든 눈물을 참아냈다. 캔 커피는 사지 않았다.

결국 내가 탄 료모선은 목적지로 가는 중간 지점쯤에서 완전히 멈추어버리고 말았다.

"폭설로 운행에 차질이 생겨 정차합니다"라는 안내 방송이 나왔다. "바쁘신 와중에 정말 죄송합니다만 현재로서는 언제 복구될지 확실하지 않습니다"라는 방송도 나왔다. 어두운 창밖으로 설원이 끝없이 펼쳐져 있다. 세찬 눈보라 소리가 창틀을 계속 덜컹덜컹 흔들어댄다. 어째서 이런 아무것도 없는 장소에서 정차해야만 하는지 알 수가 없었다. 손목시계를 보니 약속 시간이 벌써 두 시간이나 지나 있었다. 오늘 하루 동안 이 시계를 벌써 몇 백 번을 봤는지 모른다. 시시각각 흘러가는 시간을 더는 지켜보기 싫었던 나는 시계를 풀어 창틀 앞턱에 내려놓았다. 이제 내가 할 수 있는 일은 없었다. 전철이 빨리 움직여주기만을 바라는 것 외에는……

"타카키, 잘 지내?" 아카리는 편지에 그렇게 썼었다. "동아리 활동 때문에 아침 일찍 나와서 이 편지는 전철 안에서 쓰고 있어"라면서.

편지 내용으로 상상해보는 아카리는 왜인지 항상 혼자였다. 그리고 결국은 나도 마찬가지로 혼자였다고 생각한다. 학교 친구가 몇 명 있지만 지금처럼 후드를 뒤집어써서 얼굴을 가리고 아무도 없는 전철 안에 혼자 앉아 있는 모습이 진짜 내 모습인 것이다. 분명히 난방을 틀었을 텐데도 승객이 별로 없는 이 네 량짜리 전철 안은 몹시도 추운 공간이었다. 어떻게 표현하면 좋을지……. 이렇게 혹독한 시간을 나는 지금껏 경험해본 적이 없다. 나는 넓은 좌석에 앉아서 몸을 한껏 움츠린 채로 이를 꽉 깨물고 어떻게든 울지 않으려 애를 썼다. 나를 향한 악의로 똘똘 뭉친 것 같은 이 시간을 그렇게 버텨내는 수밖에 없었다. 아카리가 차가운 역 구내에서 홀로 나를 기다리고 있을 거라고 생각하니, 불안에 떨고 있을 그녀의 마음을 상상하니 나는 돌아버릴 것만 같았다. 아카리가 더는 나를 기다리지 않기를, 집으로 돌아갔기를 나는 애타게 기도했다.

하지만 아카리는 분명 기다리고 있을 것이다.

나는 그것을 알았고, 그 확신은 어찌할 도리가 없을 만큼 나를 슬프고 괴롭게 했다. 창밖에서는 눈이 멈추지 않고 계속 내리고 있다.

4

전철은 두 시간 넘게 서 있다가 다시 움직이기 시작했고 나는 약속 시간보다 네 시간이 더 지난 밤 11시가 넘어서야 이와후네역에 도착했다. 승강장으로 내려서는데 두껍게 쌓인 눈에 신발이 푹 빠지면서 뽀드득 하는 소리가 났다. 바람은 이미 완전히 멎었고 하늘에서는 수많은 눈송이가 소리도 없이 계속 떨어졌다. 이와후네역의 승강장은 벽도 없고 울타리도 없어서 승강장 바로 옆이 온통 설원이었다. 거리에도 불빛이 적고 그나마 멀리서 깜박일 뿐이다. 사방이 고요하고 떠나가는 전철의 엔진 소리만이 들릴 뿐이었다.

작은 육교를 건너 개찰구까지 천천히 걸어갔다. 육교 위에서는 역 앞 거리가 보였다. 인가의 불빛은 셀 수 있을 정도로만 켜져 있고 마을은 그저 조용히 내리는 눈을 맞고 있었다. 나는 개찰구에서 역무원에게 표를 건네고 나무로 지어진 역사 안으로 들어갔다. 개찰구 바로 안쪽이 대합실로 되어 있어서 발을 들여놓자마자 따뜻한 공기와 추억 속 석유난로 냄새가 온몸을 감쌌다. 눈앞의 광경에 가슴속에서 뜨거운 덩어리가 울컥 치밀어 올랐고 나는 그것을 어떻게든 삭이기 위해 눈을 꼭 감았다. 그리고 다시 천천히 눈을 떴다. 하얀 코트를 걸친 날씬한 소녀가 난로 앞 의자에 고개를 숙이고 앉아 있었다.

하얀 코트로 몸을 감싼 소녀가 처음에는 낯선 사람처럼 보였다. 나는 천천히 다가가서 "아카리" 하고 불렀다. 내 목소리는 꼭 다른 사람의 목소리처럼 느껴질 만큼 갈라져 있었다. 그녀는 살짝 놀라며 천천히 고개를 들고는 내 쪽을 쳐다보았다. 아카리였다. 커다란 두 눈에는 눈물이 그렁그렁했고 눈꼬리는 빨갰다. 노르스름한 난로 불빛에 매끄럽게 반사된, 1년 전보다 훨씬 어른스러워진 아카리의 얼굴은 내가 지금껏 보아온 어떤 여자아이보다 아름다웠다. 손가락으로 심장을 부드럽게 만지는 것 같은, 말로 표현 못할 저릿함이 치솟았다. 처음 느껴보는 감각이었다. 눈길을 돌릴 수가 없었다. 나는 아카리의 눈에 고인 눈물방울이 점점 커지는 광경을 어떤 아주 귀한 현상을 보듯 지켜보았다. 아카리의 손이 내 코트 자락을 꼭 움켜잡는 바람에 나는 아카리 쪽으로 한 걸음 끌려갔다. 내 옷자락을 꼭 쥔 아카리의 하얀 손에 눈물방울이 떨어지는 것을 본 순간 어떤 견딜 수 없는 감정의 덩어리가 또다시 용솟음쳤고, 정신을 차려보니 나는 울고 있었다. 좁은 역사 안에서는 난로 위에 놓인 대야의 물이 부글부글 끓는 부드러운 소리가 작게 울렸다.

/////

아카리는 차를 담은 보온병과 직접 만든 도시락을 가지고 와 있었다. 우리는 난로 앞 의자에 나란히 앉았고, 아카리가 우리 둘 사이에 도시락을 내려놓았다. 나는 아카리가 건네준 차를 마셨다. 차는 아직도 따끈했고 굉장히 고소했다.

"맛있어."

나는 진심으로 말했다.

"그래? 그냥 호지차인데."

"호지차? 처음 마셔봐."

"말도 안 돼! 분명 마셔본 적이 있을 거야!"

아카리는 그렇게 말했지만 나는 이렇게 맛있는 차는 정말 처음이라고 생각했다.

"그런가……?"

내가 대꾸하자 아카리는 재미있다는 듯이 "그럴 거야" 하고 말했다.

아카리의 음성은 몸과 마찬가지로 내가 기억하던 것보다 어른스러워진 것처럼 느껴졌다. 상냥하면서도 놀리는 듯한 울림과 조금 부끄러워하는 듯한 울림은 여전히 섞여 있다. 그 음성을 듣고 있으니 몸이 점차 따뜻해지면서 온기가 되돌아왔다.

"그리고 이거."

아카리는 그렇게 말하며 도시락 보자기를 풀고 밀폐 용기 두 개를 꺼내어 뚜껑을 열었다. 통 하나에는 커다란 주먹밥 네 개가 들어 있고, 다른 하나에는 각종 반찬이 들어 있었다. 미니 햄버그스테이크, 비엔나소시지, 달걀부침, 방울토마토, 브로콜리. 종류별로 두 개씩 예쁘게 담겨 있다.

"내가 만든 거라 맛은 보장 못하지만……."

그렇게 말하며 도시락 보자기를 착착 개서 옆으로 치운 아카리는 "괜찮다면 먹어봐" 하고 쑥스러운 듯이 말했다.

나는 간신히 "……고마워" 하고 대답했다. 가슴속에서 또다시 뜨거운 것이 울컥 치밀어 금세 울어버릴 것 같았다. 그런 내가 부끄러워서 필사적으로 참았다. 이내 내가 공복임을 기억해내고는 얼른 "엄청 배고팠는데!" 하고 말했다. 아카리는 기쁜 듯이 웃었다.

나는 입을 크게 벌리고 묵직한 주먹밥을 한입 크게 베어 물었다. 씹는 동안에도 눈물이 흘러나올 것 같아서 혹시나 아카리에게 들킬까 싶어 고개를 숙이고 주먹밥을 꿀꺽 삼켰다. 지금까지 먹어본 어떤 음식보다 맛있었다.

"지금까지 먹어본 것 중에서 제일 맛있어."

나는 솔직하게 말했다.

"에이, 설마."

"진짜라니까!"

"배가 고파서 그런 거야."

"그런가……?"

"그럴 거야. 나도 먹어야겠다."

기쁜 목소리로 말하면서 아카리도 주먹밥을 집어 들었다.

우리는 한동안 도시락을 먹는 데 집중했다. 햄버그스테이크도 달걀부침도 깜짝 놀랄 만큼 맛있다고 말하자 아카리는 쑥스러운 듯이 웃으면서도 조금은 으스대듯 말했다.

"학교 끝나고 집에 가서 만들었어. 엄마가 살짝 가르쳐주시긴 했지만."

"어머니한테는 뭐라고 말하고 나왔어?"

"몇 시가 됐든 반드시 집에 돌아올 테니까 걱정하지 말라고 편지를 써두고 나왔어."

"나도 그랬는데. 그래도 너희 어머니, 분명 걱정하고 계실 거야."

"응, 아마도……. 하지만 분명 괜찮을 거야. 도시락 만들 때 누구한테 줄 거냐고 물어봐서 그냥 웃었는데, 엄마가 그때 좀 좋아하는 것처럼 보였거든. 아마 알고 계시지 않을까?"

무엇을 '알고 계시는지' 궁금했지만 나는 물어보지 못하고 주먹밥을 베어 물었다. 양이 제법 되는 주먹밥을 각자 두 개씩 먹고 나니 몹시 만족스러웠다.

  작은 대합실은 희미한 노란 불빛이 가득했고 난로와 가까운 무릎 부위가 후끈후끈 달아올랐다. 우리는 시간을 의식하지 않고 호지차를 마시며 느긋하게 마음껏 이야기를 나누었다. 둘 다 집에 돌아가야 한다는 생각은 하지 않았다. 말로 확인한 것은 아니지만 서로가 그렇게 생각하고 있다는 사실을 확실하게 알았다. 하고 싶은 말이 끝도 없었던 것이다. 우리는 지난 1년간 느꼈던 고독을 서로에게 호소했다. 직접 말로 한 것은 아니지만 서로가 곁에 없어 얼마나 외로웠고, 또 지금까지 얼마나 보고 싶었는지를 우리는 말이 아닌 다른 것으로 서로에게 계속 전달했다.

  역무원이 조심스레 대합실 유리문을 똑똑 두드렸을 때는 이미 자정이 지나 있었다.
  "슬슬 역을 닫아야 해서요. 이제 전철도 끊겼고."
  내가 개찰구를 나올 때 표를 건넸던 초로의 역무원이었다. 화를 내는 줄 알았는데 보니까 미소를 짓고 있다.
  "상당히 즐거워 보여서 방해하고 싶지 않았는데."

역무원은 사투리가 조금 섞인 말투로 상냥하게 말했다.

"규정상 여기는 문을 닫아야 해요. 눈이 많이 오니까 조심히 들어가세요."

우리는 역무원에게 감사 인사를 하고 역사를 나왔다.

이와후네 마을은 눈에 푹 파묻혀 있었다. 여전히 눈이 계속 내리고 있었지만 하늘과 땅이 모두 눈으로 뒤덮인 심야의 세상은 신기하게도 더는 춥지 않았다. 우리는 까닭 모르게 들뜬 기분이 되어 아무도 밟지 않은 눈 위를 나란히 걸었다. 내가 아카리보다 키가 몇 센티미터 더 컸는데 나는 그 사실이 내심 몹시도 자랑스러웠다. 푸르스름한 가로등 불빛이 스포트라이트처럼 우리 앞의 눈밭을 둥그렇게 비춘다. 아카리는 기쁜 듯이 그쪽으로 달려갔고, 나는 내 기억 속의 모습보다 훨씬 어른스러워진 그녀의 뒷모습에서 눈을 떼지 못했다.

우리는 아카리가 예전에 편지에 썼던 벚나무를 보러 가기로 했다. 역에서 10분쯤 걸었을 뿐인데 인가가 사라지고 널따란 밭이 나왔다. 인공적인 불빛은 이제 어디에도 없었지만 하얀 눈 덕에 어둡진 않다. 사방이 희미하게 빛나고 있다. 마치 누군가가 정교하고 정성스럽게 빚어낸 것처럼 아름다운 풍경이다.

그 벚나무는 밭두렁 옆에 홀로 덩그러니 서 있었다. 기둥이 굵고 키가 큰 멋진 나무였다. 우리는 벚나무 밑에 서서 하늘을 올려다보았다. 겹겹이 겹쳐진 나무줄기 너머 까만 하늘에서 눈이 소리도 없이 소복소복 떨어지고 있다.

"있잖아, 꼭 눈 같지 않아?"

아카리가 말했다.

"그러게."

나는 대답했다. 만개한 벚꽃 잎이 춤추듯 떨어지는 나무 아래에서 나를 보며 미소 짓는 아카리가 눈앞에 보이는 것 같다.

그날 밤, 벚나무 아래에서 우리는 첫 키스를 나누었다. 아주 자연스럽게 그렇게 되었다.

입술과 입술이 겹쳐진 순간, 영원이나 마음, 영혼 같은 것이 어디에 있는지 알 것 같은 기분이 들었다. 13년간 살아온 나의 모든 것을 함께 나눈 느낌이었고, 다음 순간 나는 참을 수 없이 슬퍼졌다.

아카리의 그 따스함을, 영혼을 어디로 가져가면 좋을지, 어떻게 다루어야 좋을지 알 수가 없었기 때문이다. 소중한 아카리의 모든 것이 '여기'에 있는데. 그런데도 나는 그것을 어찌하면 좋을지 알 수 없는 것이다. 우리가 앞으로 쭉 함께할 수 없다는 사실을 분명하게 알았다. 우리 앞에는 너무나 거대한 인생이, 너무나 긴 시간이 가로놓여 있다.

……하지만 순간적으로 나를 사로잡았던 그 불안함은 이윽고 천천히 녹아내렸고 내 몸에 남은 것은 오로지 그녀 입술의 감촉뿐이었다. 아카리의 입술이 주는 부드러움과 따스함은 내가 아는 이 세상 무엇과도 비슷하지 않았다. 그것은 정말로 특별한 키스였다. 지금 다시 생각해보아도 내 인생에서 그 전에도 그 후에도 그때만큼 기쁨과 순수함과 절실함으로 가득 찬 키스는 없었다.

/////

우리는 그날 밤을 밭 옆에 있는 작은 헛간에서 보냈다. 그 헛간은 나무로 지어졌으며 각종 농기구를 보관하는 곳이었다. 선반에서 낡은 담요를 끄집어낸 나와 아카리는 눈에 젖은 코트와 신발을 벗고 담요 한 장을 같이 두르고서 작은 목소리로 오랫동안 대화를 나누었다. 아카리는 코트 안에 세일러복을 입고 있었고 나는 교복 차림이었다. 제복을 입고 있는데도 우리는 지금 이 순간만큼은 고독하지 않았고, 그 사실이 몹시도 기뻤다.

담요 속에서 이야기를 나누면서 우리는 때때로 어깨가 부딪혔고, 가끔 아카리의 부드러운 머리카락이 내 뺨이며 목덜미를 조용히 쓸었다. 그 감촉과 달콤한 냄새가 그때마다 나를 흥분시켰지만 나는 아카리의 체온을 느끼는 것만으로도 이미 벅찼다. 이야기를 하는 아카리의 음성이 내 앞머리를 다정하게 흔들었고 아카리의 머리카락도 내 숨결에 부드럽게 흔들렸다. 창밖에서는 눈발이 점차 약해졌고 때때로 유리창으로 희미한 달빛이 스며들어와 헛간 안을 환상적인 빛으로 채웠다. 계속 이야기를 나누던 우리는 어느새 잠이 들었다.

눈을 뜬 것은 아침 6시쯤이었고 눈은 어느 틈엔가 그쳐 있었다. 우리는 아직도 희미하니 온기가 남은 호지차를 마시고 코트를 다시 입은 다음 역까지 걸어갔다. 하늘은 맑게 개어 있었고 설경으로 변한 벌판은 산등성이 위로 막 고개를 내민 아침 해 아래 반짝반짝 빛났다. 눈이 부실 만큼 빛으로 가득 찬 세상이었다.

토요일 새벽 시간의 승강장에는 승객이 우리밖에 없었다. 료모선 전철이 승강장으로 들어왔다. 오렌지색과 녹색으로 칠해진 그 전철은 아침 햇살을 가득 받아 눈부시게 빛났다. 문이 열리자 전철에 올라탄 나는 뒤로 돌아 승강장에 서 있는 아카리를 보았다. 단추를 푼 하얀 코트 사이로 세일러복이 보이는, 열세 살의 아카리.

……그렇다, 나는 그 순간 깨달았다. 우리는 이제 각자의 장

소로 홀로 되돌아가야만 한다.

조금 전까지 그렇게나 많은 대화를 나누고 그렇게나 서로를 가까이에서 느꼈건만. 그것은 갑작스러운 이별이었다. 이런 순간에 무슨 말을 해야 할지 몰라 나는 계속 입을 다물었고, 먼저 말을 꺼내준 것은 아카리였다.

"저기, 타카키."

나는 "어" 하고 대답인지 한숨인지 모를 소리를 냈다.

"타카키는……."

아카리는 다시 한 번 나를 불러놓고는 잠깐 고개를 숙였다. 아카리 뒤편으로 설원이 아침 햇살을 받아 호수처럼 빛나고 있었다. 나는 문득 그런 풍경을 등에 업은 아카리가 뭐라 말할 수 없이 아름답다는 생각을 했다. 아카리는 용기를 내듯 고개를 들고 나를 똑바로 보면서 말을 이었다.

"타카키는, 앞으로도 괜찮을 거야. 분명!"

"고마워……."

내가 간신히 대답을 한 직후 전철 문이 닫히기 시작했다. ……이대로는 안 된다. 나는 아카리에게 좀 더 제대로 전해야 할 말이 있다. 나는 닫혀버린 문 너머까지 들릴 수 있도록 힘껏 외쳤다.

"아카리도 잘 지내! 편지 쓸게! 전화도!"

그 순간 멀리서 날카로운 새 울음소리가 들린 것 같은 기분이 들었다. 전철이 움직이기 시작하자 우리 둘은 유리문을 사이에 두고 서로 오른손을 겹쳤다. 그 손은 금세 떨어져버렸지만 분명히 한순간만큼은 겹쳐졌다.

　돌아오는 전철 안에서 나는 언제까지고 문 앞에 서 있었다.

　나는 아카리에게 긴 편지를 썼지만 그 편지를 잃어버리고 말았다는 이야기를 하지 않았다. 분명 언젠가 다시 만날 수 있으리라고 생각했기 때문이기도 하고, 그 키스 전과 후는 세상의 모든 것이 변해버린 것 같은 느낌이 들었기 때문이기도 하다.

　나는 문 앞에 선 채로 아카리의 손이 닿았던 유리에 가만히 내 오른손을 댔다.

　"타카키는 앞으로도 괜찮을 거야."

　아카리는 그렇게 말했다.

　그것이 무엇인지는 모르지만 뭔가 내 마음을 콕 집어 알아맞힌 듯한 신기한 느낌이다. 동시에 언젠가 아주 먼 미래에 아카리의 이 말이 내게 정말로 굉장히 소중한 힘이 되어줄 것 같은 예감마저 들었다.

　그리고 생각했다. 하지만 어쨌든 지금은……. 그녀를 지킬 만한 힘을 가지고 싶다고.

　나는 그 생각만을 하면서 그저 창밖 풍경을 바라보았다.

제 2 화

「코스모너트(Cosmonaut)」

5 Centimeters
per Second

1

수평선 약간 위쪽에 걸려 있는 아침 해 때문에 주위의 수면이 눈부시게 빛났다. 하늘은 흠잡을 곳 없이 푸르렀고 살갗을 적시는 물은 따뜻했으며 몸은 몹시 가벼웠다. 나는 지금 빛나는 바다 위에 홀로 떠 있다. 이런 때는 내가 꼭 굉장히 특별한 존재처럼 느껴져서 언제나 살짝 행복한 기분에 빠지고 만다. 사실은 지금 많은 문제를 끌어안고 있음에도.

애초에 이런 식으로 천하태평에 금세 행복하단 생각을 해버리는 것이 모든 문제의 원인일지도 모른다고 생각하면서, 그럼에도 나는 신나게 다음 파도를 향해 팔을 젓기 시작했다. 아침 바다는 어쩌면 이렇게 아름다울까. 서서히 높아지는 파도의 매끄러운 움직임, 말로는 설명할 수 없는 복잡한 색채. 나는 그것들에 정신을 빼앗기면서 내 몸을 실은 보드를 파도의 페이스(부서지지 않은 파도의 경사면 전체 — 옮긴이 주)에 밀어 넣으려 했다. 몸이 들려 올라가는 부력을 느끼고 몸을 일으키려 했으나, 어느새 나는 균형을 잃고 파도 밑으로 가라앉아버리고 말았다. 또 실패다. 코에 바닷물이 들어가 눈 안쪽이 찡했다.

첫 번째 문제. 나는 지난 반년 동안 단 한 번도 파도 위에 서지 못했다.

모래사장보다 한 단 높은 곳에 있는 주차장(이라기보다 잡초가 무성한 그냥 공터) 안쪽, 키가 큰 잡초 뒤에 숨어서 나는 몸에 착 달라붙는 래시가드를 벗고 수영복도 벗어 알몸이 된 다음 호스로 머리 위에서부터 수돗물을 뿌려 몸을 얼른 씻어내고 교복으로 갈아입었다. 주위에는 아무도 없다. 강한 바닷바람이 후끈해진 몸에 기분 좋게 와 닿는다. 어깨에 닿지 않는 내 짧은 머리는 눈 깜짝할 사이에 마른다. 아침 해가 하얀 세일러복 상의에 키 큰 잡초들의 그림자를 선명하게 새긴다. 바다는 언제나 좋지만 이 계절의 아침은 정말 특별히 더 좋다. 지금이 겨울이었다면 바다에서 나와서 옷을 갈아입는 이 순간이 제일 힘들었을 것이다.

건조한 입술에 립밤을 바르고 있을 때 언니의 혼다 미니 밴 스텝 왜건이 다가오는 소리가 들렸다. 나는 서프보드와 스포츠 백을 끌어안고 차로 향했다. 빨간색 트레이닝복을 입은 언니가 운전석 창문을 내리며 물었다.

"카나에, 어땠어?"

우리 언니는 예쁘다. 긴 생머리에 인상도 차분하고 똑똑하기까지 한 고등학교 선생님이다. 언니는 나보다 여덟 살이 많은데, 사실 나는 예전에는 언니를 그다지 좋아하지 않았다. 예쁘고 똑똑해서 맹하고 평범한 나에게는 콤플렉스의 대상이었던 것이다. 하지만 지금은 좋아한다. 언니가 대학을 졸업하고 이 섬으로 돌아올 무렵 나는 어느새 언니를 순수하게 존경할 수 있을 만큼 자라 있었다. 저런 촌스러운 트레이닝복 말고 좀 더 예쁜 옷을 입으면 훨씬 더 미인으로 보일 텐데. 하지만 지나치게 예쁘면 이 작은 섬에서는 너무 눈에 띌지도 모르겠다.

"오늘은 안 됐어. 바람은 완전 오프 쇼어(바람이 육지에서 바다 쪽으로 불 때를 일컫는 말, 반대로 온 쇼어는 바다에서 육지로 부는 바람 — 옮긴이 주)였는데."

서프보드를 트렁크에 집어넣으면서 대답했다.

"느긋하게 해. 방과 후에도 올 거니?"

"응, 오고 싶어. 언니는 괜찮아?"

"괜찮아. 하지만 공부도 소홀히 하면 안 돼."

"네!"

얼버무리듯 큰 소리로 대답하면서 나는 주차장 구석에 세워둔 오토바이로 갔다. 학교 지정품인 혼다 슈퍼 커브로, 언니에게서 물려받은 오래된 오토바이다. 전철이 없고 버스도 거의 다니지 않는 이 섬에서 고등학생들은 대개 열여섯 살이 되자마자 오토바이 면허증을 딴다. 오토바이는 편하기도 하고 섬을 달리면 기분도 좋아 거의 필수품이다. 하지만 서프보드는 실을 수 없기 때문에 바다에 갈 때는 항상 언니가 차로 데려다준다. 언니랑 나는 지금부터 학교에 간다. 나는 수업을 받으러, 언니는 수업을 하러. 오토바이에 시동을 걸면서 손목시계를 보았다. 7시 45분. 그래, 괜찮다. 분명 그는 아직 연습 중이다. 나는 언니 차를 따라 슈퍼 커브를 몰아 해안을 떠났다.

고등학교 1학년 때쯤, 언니의 영향으로 보디 보딩(body boarding)을 시작한 나는 하루 만에 서핑의 매력에 완전히 사로잡히고 말았다. 대학에서 서핑 동아리 활동을 했던 언니의 서핑은 전혀 멋스럽지 않았고 완전히 운동선수의 훈련 같았다. 첫 3개월간은 오로지 바다로 나가기 위한 기초 연습만 했다. 날이 저물 때까지 패들링(paddling)과 덕 다이브(파도를 빠져나갈 때 부서지는 파도에 밀리지 않기 위해 파도 밑으로 다이빙하는 것 ─옮긴이 주)만 반복했다. 그런데도 엄청나게 거대한, 바다라는 존재를 향해서 나아가는 모습이 굉장히 아름다워 보였다. 보디 보딩에 제법 익숙해진 고등학교 2학년 여름 어느 맑은 날,

나는 불현듯 파도 위에 서고 싶다는 생각을 했다. 그러려면 쇼트 보드나 롱 보드를 탈 필요가 있었고, 유행에 민감한 나는 "서핑 하면 역시 쇼트지!"라는 이유로 종목을 바꾸었다. 연습 초반에는 어쩌다 우연히 몇 번 파도 위에 선 적도 있었지만 이후로는 왜 그런지 몰라도 쭉 성공을 못하고 있다. 어려운 쇼트 보드는 때려치우고 보디 보딩으로 확 돌아갈까 고민도 했다. 그렇지만 한번 마음먹은 일이라 우물쭈물하다 보니 어느새 고등학교 3학년이 되었고, 눈 깜짝할 새에 다시 여름이 되었다. 쇼트 보드로 파도를 타지 못한다는 것, 이것이 내 고민 중 하나다. 그리고 지금부터 나는 두 번째 고민에 부딪치러 간다.

탕! 하는 경쾌한 소리가 아침을 알리는 새들의 지저귐 사이로 조그맣게 들려온다. 팽팽하게 당겨진 종이 과녁을 화살이 관통하는 소리다. 지금은 8시 10분. 나는 교사 뒤편에 긴장한 기색으로 서 있다. 아까 건물 옆으로 살짝 고개만 내밀고 확인해본 바에 따르면, 언제나 그렇듯 궁도장에는 한 사람밖에 없다.

그는 매일 아침 혼자 궁도 연습을 하는데, 내가 아침 댓바람부터 서핑 연습을 하는 이유도 실은 그것 때문이다. 그가 아침부터 뭔가에 열중해 있으니 나도 뭔가에 열중하고 싶었던 것이다. 진지하게 활시위를 당기는 그의 모습은 정말이지 너무

나도 멋지다. 하지만 부끄러워서 가까이에서 빤히 쳐다볼 수는 없었기에 지금처럼 몇 백 미터 떨어진 곳에서 연습을 구경하곤 한다. 심지어 그마저도 훔쳐본 것이지만.

나는 무심결에 치마를 탈탈 털고 세일러복 자락을 가볍게 잡아당겨 옷매무시를 가다듬은 다음 심호흡을 했다. 좋아! 자연스럽게 가자, 자연스럽게! 그리고 궁도장을 향해 걸음을 내디뎠다.

"아, 좋은 아침이야."

그는 내가 오는 것을 보더니 평소처럼 연습을 중단하고 말을 건네주었다. 어머나, 몰라! 역시 상냥하다니까! 음성도 차분하면서 깊고.

나는 가슴이 두근거렸지만 평정을 가장하며 천천히 걸어갔다. 나는 그저 궁도장 옆을 지나가고 있었던 것뿐이라는 태도로. 그러고는 혹시라도 목소리가 뒤집어질까 봐 조심조심 대답했다.

"안녕, 토노? 오늘도 일찍 나왔네?"

"스미다도. 바다 갔다 왔지?"

"응."

"열심히 하는구나."

예상치 못하게 칭찬을 받은 나는 "어?" 하며 깜짝 놀랐다. 어떡하나, 분명 귀까지 빨개졌을 것이다.

"여, 열심히는 무슨……. 하하하, 그럼 또 보자, 토노!"

나는 기쁘고 쑥스러워 허겁지겁 달아나기 시작했다.

등 뒤에서 "그래, 또 보자" 하는 다정한 음성이 들린다.

두 번째 문제. 나는 그를 짝사랑하고 있다. 벌써 5년째다. 그의 이름은 토노 타카키다. 그리고 이제 토노와 함께할 수 있는 시간은 고등학교 졸업 때까지이기 때문에 앞으로 반년밖에 없다.

그리고 세 번째 문제. 그것은 책상 위에 놓여 있는 이 종이 한 장에 집약되어 있다. 현재 시각 8시 35분, 조회 중이다. 담임 선생님인 마츠노 선생님의 목소리가 아스라이 들린다. "알겠어? 슬슬 결정을 내려야 할 시기야. 가족들이랑 잘 의논해보고써 와라. 어쩌고저쩌고" 하던 그 종이에는 '제3회 진로 희망 조사'라고 적혀 있다. 여기에 뭐라고 써야 할지 나는 도무지 모르겠다.

12시 50분. 점심시간을 맞이한 교실에는 언젠가 들어본 적이 있는 클래식 음악이 흐르고 있다. 이 곡을 들으면 스케이트를 타는 펭귄이 떠오른다. 이유는 잘 모르겠다. 대체 이 곡이 내 머릿속 어떤 추억과 이어져 있기에 그런 것일까? 곡명이 뭐였는지 고민하던 나는 금세 포기하고 엄마가 도시락 반찬으로 싸준 달걀말이를 먹었다. 달콤하고 맛있었다. 미각을 중심으로 행복한 기분이 좌악 퍼져나간다. 나는 유코, 사키와 책상을 모으고 같이 점심을 먹는 중이었는데, 두 사람은 아까부터 계속 진로 이야기를 하고 있다.

"사사키는 도쿄에 있는 대학에 원서를 넣는다더라."

"사사키라면 쿄코 말이야?"

"아니, 걔 말고 1반 사사키."

"아아, 문예부 사사기? 역시 대단하네."

1반이라는 말에 나는 살짝 긴장했다. 토노의 반이기 때문이다. 우리 학교는 한 학년이 세 반으로 1반과 2반은 인문반이다. 그중에서도 1반은 진학을 희망하는 학생들이 모여 있다. 3반은 실업반으로 졸업 후 전문학교에 진학하거나 취업하는 경우가 많아서 섬에 남는 아이들도 제법 된다. 나는 3반이다. 아직 물어본 적은 없지만 토노는 아마도 대학에 진학할 것이다. 토노는 도쿄로 돌아가고 싶어 하지 않을까? 어쩐지 그런 예감이 든다. 그런 생각을 하고 있으려니 그 맛있던 달걀말이가 갑자기 아무 맛도 없는 것 같다.

"카나에는?"

불현듯 유코가 물었지만 나는 말문이 막혀버렸다.

"취업이었지?"

사키가 이어서 묻는다. 나는 "응……" 하며 말을 흐리고 말았다. 나도 잘 모르기 때문이다.

"너 정말 아무 생각이 없구나?"

사키가 황당하다는 듯이 말했다.

"토노 생각밖에 안 하나 봐."

불쑥 유코가 말했다.

"걘 분명 도쿄에 여자 친구 있을 거야."

사키도 옆에서 거들며 말했다. 그 순간, 나도 모르게 비명을
지르고 말았다.

"그럴 리가!"

사키와 유코가 후후후 웃는다. 나는 숨기고 있었지만 그 마
음이 두 사람에게는 뻔히 보였던 모양이다.

"어휴, 됐어. 매점 가서 요구르트 사 올래."

나는 뾰로통하게 말하면서 자리에서 일어났다. 농담처럼 얼
버무리긴 했어도 '토노 타카키의 도쿄 여자 친구설'은 상당히
타격이 컸던 것이다.

"뭐? 또 마시게? 벌써 두 개째잖아!"

"목이 말라서 말이야."

"역시 서핑 소녀라니까!"

두 사람의 가벼운 농담을 흘려 넘기며 바람이 들이치는 복
도를 홀로 걸어가던 나는 무심코 벽에 쭉 붙은 액자들로 시선
을 던졌다. 발사대에서 발사되는 순간, 거대한 연기를 뿜어내

고 있는 로켓 사진이다. 'H2 로켓 4호기 발사, 1996년 8월 17일 10시 53분', 'H2 로켓 6호기 발사, 1997년 11월 28일 6시 27분'……. 발사에 성공할 때마다 NASDA(일본 우주 개발 사업단) 사람이 와서 멋대로 액자를 걸고 간다는 소문이 있다.

로켓 발사는 나도 몇 번이나 보았다. 하얀 연기를 뿜으며 끝없이 솟아오르는 로켓은 섬 어디에 있든지 똑똑히 보인다. 그러고 보니 지난 몇 년 동안은 로켓이 발사되는 모습을 보지 못한 것 같다. 이 섬에 온 지 아직 5년밖에 안 된 토노는 로켓이 발사되는 장면을 본 적이 있을까? 언젠가 같이 볼 수 있으면 좋을 텐데. 처음 보면 조금은 감동적인 광경일 테니, 단둘이서 그런 경험을 할 수 있다면 우리의 거리도 조금은 줄어들 것이다. 아, 하지만 고교 생활은 앞으로 반년밖에 안 남았다. 그사이에 로켓이 발사될까? 그보다도, 나는 그 전까지 정말로 파도 위에 설 수 있게 될까? 언젠가 내 서핑을 토노에게 보여주고 싶지만 한심한 모습은 절대 보여주고 싶지 않다. 토노에게는 언제나 내 가장 좋은 모습만을 보여주고 싶다.

……앞으로 반년. 아니, 아니다, 어쩌면 토노가 졸업 후 섬에 남을 수도 있지 않을까. 그렇다면 기회는 아직 얼마든지 있다. 만약 그렇게 되면 내 진로도 섬 안에서 취직하는 것으로 결정이다. 하지만 토노의 그런 모습은 상상할 수가 없다. 그 아이는 왠지 섬과 어울리지 않는 사람이니까.

……이런 식으로 내 뇌는 언제나 토노를 중심으로 빙글빙글 돌고 만다. 언제까지고 계속 고민만 할 수는 없다는 사실은 나도 알고 있지만.

그래서 나는 내가 파도 위에 서는 날 토노에게 고백하기로 마음먹은 것이다.

/////

오후 7시 10분. 방금 전까지 대기를 가득 채우던 말매미 울음소리가 어느 틈엔가 저녁매미 울음소리로 바뀌었다. 조금만 더 지나면 이번에는 귀뚜라미 소리로 바뀌리라. 주위는 이미 어둑어둑했지만 하늘에는 아직 저녁 해가 남아 있어서 높이 뜬 구름이 금빛으로 빛난다. 물끄러미 하늘을 올려다보다가 구름이 서쪽으로 흘러가는 것을 알아챘다. 아까 바다에 있었을 때는 바람이 온 쇼어, 그러니까 바다 쪽에서 부는 바람이라 파도가 그리 좋지 않았는데. 지금이라면 파도를 타기가 좀 더 쉬울지도 모르겠다. 어느 쪽이 되었건 그 위에 설 자신은 없지만.

학교 건물 뒤편에 숨어 오토바이 주차장 쪽을 엿보았다. 오토바이는 이미 얼마 없었고 교문 부근에도 학생들이 보이지 않았다. 이미 대부분의 동아리가 활동을 마쳤을 시간이다. 나는 방과 후 서핑을 하고 나서 다시 학교로 돌아와 토노가 주차장에 나타나기를 건물 뒤에 숨어서 기다리고 있다(이런 식으로 따져보니 내 행동이 새삼스럽게 조금 무섭다). 어쩌면 오늘은 이미 집에 가버린 것일지도 모르겠다. 조금 더 일찍 돌아올걸 그랬다는 생각을 하면서 그래도 조금만 더 기다려보아야겠다고 생각을 고쳐먹었다.

서핑 문제, 토노 문제, 진로 문제. 이것이 현재 내 눈앞에 놓인 3대 문제이지만, 당연히 문제가 이 세 가지뿐인 것은 아니다. 이를테면 햇볕에 탄 피부도 문제다. 나는 원래 피부가 까만 편은 결코 아니지만(아마도), 자외선 차단제를 아무리 꼼꼼히 발라도 다른 아이들보다 많이 타서 눈에 띄게 피부가 까무잡잡하다. 언니는 서핑을 하니까 당연하다고 했고 유코랑 사키도 건강미가 있어서 귀엽다고 말해주었지만, 좋아하는 남학생보다 피부가 까무잡잡한 것은 뭔가 치명적이라는 기분이 든다. 토노의 피부는 뽀얗고 깨끗하니까.

그것 말고도 좀처럼 성장해주지 않는 가슴이나(언니 가슴은 왜인지 몰라도 크다. 같은 DNA일 텐데 왜일까?) 바닥을 기는 수학 성적, 센스 없는 사복 패션, 지나치게 건강해서 감기조차 걸리지 않는 몸(귀여움이 부족하다는 느낌이 든다) 등. 내가 생각해도 문제가 산더미다.

비극적인 요소를 세어보았자 어쩔 도리가 없다는 생각을 하면서 다시 한 번 주차장을 힐끗 훔쳐보았다. 결코 잘못 볼 리 없는 실루엣이 멀리서 다가온다. 만세! 기다리기를 잘했다! 역시 내 판단력은 대단해! 나는 재빨리 심호흡을 한 다음 아무렇지 않게 주차장으로 향했다.

"어, 스미다. 지금 가?"

역시나 상냥한 목소리다. 주차장 전등 불빛에 토노의 모습이 점점 드러난다. 늘씬한 몸, 눈을 살짝 가리는 길이의 머리카락, 언제나 차분한 걸음걸이.

"응······. 토노도?"

목소리가 살짝 떨리는 것 같다. 진짜! 이제 그만 익숙해질 때도 됐는데!

"응. 같이 갈래?"

······만약 나한테 개처럼 꼬리가 달려 있었다면 분명 마구 흔들고 있을 것이다. 내가 개가 아니라 다행이다. 꼬리가 있었으면 내 모든 감정을 토노에게 들키고 말았을 테니까. 나는 진지하게 그런 생각을 하다가, 그런 생각밖에 할 수 없는 나 자신이 황당했다. 그래도 토노와 함께 집에 갈 수 있다는 사실에 그저 행복하기만 했다.

우리는 사탕수수밭 사이로 난 좁은 길을 오토바이를 타고 앞뒤로 달렸다. 앞에서 달리는 토노의 뒷모습을 보며 나는 행복감을 곱씹었다. 가슴속이 뜨겁고 서핑에 실패했을 때처럼 콧속이 살짝 찡하다. 행복과 슬픔은 닮은꼴이라고, 이유도 모르면서 그런 생각을 했다.

처음부터 토노는 보통 남자애들과는 어딘지 조금 달랐다. 그는 중학교 2학년 봄에 도쿄에서 여기 다네가시마섬으로 전학 왔다. 중학교 2학년 첫날 본 그의 모습을 지금도 똑똑히 기억한다. 칠판 앞에 똑바로 선 그 낯선 남학생은 전혀 주눅 들거나 긴장하지 않은 것처럼 보였고, 단정한 얼굴에 온화한 미소를 머금고 있었다.

"토노 타카키입니다. 아버지 직장 때문에 사흘 전 도쿄에서 이사 왔습니다. 전학은 익숙하지만 이 섬은 아직 익숙하지 않습니다. 잘 부탁드립니다."

빠르지도 않고 느리지도 않으며 막힘없이 차분한 말투는 짜릿할 만큼 깔끔한 표준어 억양이었다. 마치 텔레비전에 나오는 사람 같았다. 내가 만약 토노처럼 엄청난 대도시에서 엄청난 시골(심지어 외딴섬)로 전학 온 입장이었다면, 혹은 그 반대였다면 얼굴은 새빨개지고 머리는 새하얘지고, 남들과 다른 억양이 신경 쓰여서 분명히 횡설수설했을 것이다. 그런데 나랑 동갑인 이 사람은 어떻게 이런 식으로 마치 눈앞에 아무도 없는 것처럼 긴장하지도 않고 똑똑하게 말할 수 있는 걸까? 검은 교복에 감싸인 이 사람 속에는 대체 무엇이 들어 있을까?

그는 지금까지 어떻게 살아왔을까? 그렇게나 강하게 뭔가를 알고 싶어 한 것은 태어나서 처음이었다. 나는 이미 그 순간에 숙명적 사랑에 빠지고 말았다.

그 후로 내 인생은 달라졌다. 마을도, 학교도, 현실도 모두 토노보다 뒷전이었다. 수업 중이건 방과 후건, 심지어 바다에서 강아지를 산책시킬 때조차도 내 눈은 항상 그를 찾고 있었다. 처음에 그는 차갑고 점잔 뺄 것처럼 보였지만 알고 보니 사근사근해서 금세 친구를 많이 사귀었다. 게다가 같은 남자들끼리만 뭉치는 유치한 면모도 전혀 없었기 때문에 나도 타이밍만 잘 맞추면 토노와 얼마든지 대화를 나눌 수 있었다.

고등학교에 가서 반은 달라져버렸지만 학교는 기적적으로 같았다. 하긴 이 섬에는 선택지가 그리 많지 않고, 토노 성적이면 어떤 고등학교든 원하는 대로 갈 수 있었을 테니까 단순히 가까운 학교를 선택한 것일지도 모르지만. 고등학교에 가서도 나는 여전히 그를 좋아했고, 그 마음은 5년 동안 식기는커녕 오히려 날이 갈수록 조금씩 더 강해졌다. 토노에게 특별한 사람이 되고 싶은 마음도 물론 있었지만, 솔직히 말하자면 좋아하는 마음을 안고 사는 것만으로도 나는 버거웠다. 그래서 토노와 사귄 다음의 일 같은 것은 전혀 상상할 수가 없었다. 학교에서 혹은 마을에서 토노를 우연히 볼 때마다 나는 그가 더욱 좋아졌다. 그것이 무서워서 매일이 괴로웠지만 한편으론 즐겁

기도 해서 <u>스스로도</u> 어쩔 도리가 없었다.

　저녁 7시 30분. 우리는 집에 가는 길에 있는 아이샵이란 편의점에 들렀다. 토노와는 1주일에 0.7번꼴로, 즉 운이 따를 때는 1주일에 한 번, 운이 없을 때는 2주일에 한 번꼴로 같이 집에 돌아갈 수 있었는데, 언제부터인가 아이샵에 들르는 것이 습관처럼 되었다. 이름만 편의점이지 밤 9시에는 문을 닫아버리고 꽃씨나 근처 아주머니가 직접 키웠다는 흙 묻은 무 같은 것을 파는 가게지만, 과자 종류가 제법 충실하게 갖추어져 있다. 유선 방송에서는 요즘 유행하는 가요가 흘러나오고 있었다. 천장에 쭉 설치된 형광등이 비좁은 가게 안을 하얀 빛으로 채웠다.

　토노가 사는 물건은 항상 정해져 있다. 오늘도 그는 망설임 없이 종이 팩에 든 커피 우유를 집었다. 나는 항상 무엇을 살지 고민에 빠진다. 요컨대 어떤 것을 사야 귀엽게 보일까, 그것이 문제다. 똑같이 커피를 사면 왠지 의도적으로 보이고(실제로 의도한 것은 맞지만), 우유는 너무 털털한 느낌이고, 과일 우유는 노란색 팩이 귀엽지만 맛이 좀 별로다. 사실 흑초 우유를 마셔보고 싶지만 지나치게 와일드해 보일 것 같아서 선뜻 손이 가지 않는다.

　그런 식으로 내가 꾸물대는 사이에 토노는 "스미다, 먼저 나가 있을게" 하면서 계산대로 가버렸다. 아이참, 모처럼 가까이에 있었는데. 당황한 나는 결국 평소처럼 드링킹 요구르트를 집어 들고 말았다. 이것까지 하면 오늘 몇 개째더라? 2교시 끝나고 교내 매점에서 한 개 사서 마셨고 점심시간에 두 개 마셨으니까 이것으로 네 개째다. 내 몸의 20분의 1 정도는 요구르트로 이루어져 있는 것이 아닐까 하는 생각이 든다.

편의점에서 나와 모퉁이를 돈 나는 토노가 오토바이에 기대어 휴대 전화로 메시지를 보내고 있는 모습을 보고 무심결에 우체통 뒤로 숨어 버렸다. 하늘은 이미 어두워져서 짙은 남색이었고 바람에 흘러가는 구름에만 붉은 저녁 해의 흔적이 희미하게 남아 있었다. 이제 곧 섬은 완전한 밤이 된다. 사탕수수 잎사귀가 바람에 흔들리는 소리와 벌레 울음소리가 주위에 가득하다. 어느 집에서 저녁을 준비하는 냄새가 난다. 어두워서 토노의 표정은 보이지 않았다. 휴대 전화 액정 화면만이 환하게 밝다.

나는 최대한 밝은 표정을 지으며 그에게로 걸어갔다. 나를 알아챈 그는 아주 자연스럽게 휴대 전화를 주머니에 집어넣더니 "왔구나, 스미다. 뭐 샀어?" 하고 상냥하게 말을 걸어준다.

"고민하다가 결국 요구르트 샀어. 실은 오늘 네 개째야. 장난 아니지?"

"뭐? 정말? 그렇게 좋아해? 그러고 보니 스미다는 항상 그거

더라."

대화를 나누면서도 내 의식은 자꾸만 어깨에 멘 스포츠 백 속 내 휴대 전화로 향했다. '토노의 메시지를 받는 사람이 나라면 좋을 텐데' 하고, 벌써 몇 천 번이나 기도했던 일을 다시 바라고 만다. 하지만 그의 문자 메시지가 내게 온 적은 없다. 그래서 나도 그에게 문자 메시지를 보낼 수 없다. 그리고 생각했다. 나는, 적어도 나만은 앞으로 살아가는 동안 어떤 사람과 데이트를 하든 그 사람과 같이 있는 시간에는 전력으로 그 사람만을 바라보겠다고. 휴대 전화 따위는 절대로 쳐다보지 않겠다고. 이 사람은 내가 아닌 다른 누군가를 생각하고 있구나 하는 불안을 상대에게 주지 않는 사람이 되겠다고 다짐했다.

별이 빛나기 시작하는 밤하늘 아래에서 정말로 좋아하는 남학생과 함께 있으면서도 나는 거의 울고 싶은 심정으로 굳세게 결심했다.

2

오늘은 파도가 높고, 많기도 하다. 하지만 바람이 살짝 온 쇼어(on shore) 경향이라 부서져버리는 파도가 많다. 오후 5시 40분. 수업이 끝나고 바다로 온 뒤로 벌써 몇 십 세트나 도전했건만 역시 단 한 번도 파도를 타지 못했다. 물론 수프, 그러니까 부서져서 하얗게 된 파도에는 누구라도 쉽게 설 수 있지만 나는 확실하게 피크(파도가 부서지기 시작하는 부분 — 옮긴이 주)에서 일어서서 페이스를 미끄러져 내려오고 싶다.

먼 바다를 향해 필사적으로 패들링을 하면서 나는 하늘과 바다를 넋을 놓고 바라보았다. 오늘은 구름이 많은데 어째서 하늘이 이렇게 높아 보일까? 두꺼운 구름을 비추는 바다 색깔 또한 시시각각 변화한다. 패들링 중인 내 눈높이와 몇 센티미터밖에는 차이가 없는 해수면이 표정을 어지러이 바꾸어댄다.

빨리 일어서고 싶다. 154센티미터 높이에서 본 바다는 어떤 표정일지 알고 싶다. 그리고 나는 생각했다. 아무리 그림을 잘 그리는 사람이라도 지금 내가 보고 있는 바다를 절대 완벽하게 그려내지는 못할 거라고. 사진으로도 안 되고 동영상으로도 분명 불가능하다. 오늘 정보 수업에서 배웠는데, 21세기의 고화질 영상은 폭이 1,900개 정도의 광점으로 구성되어 있어서 굉장히 정밀하다고 한다. 하지만 그것으로도 분명 불가능하리라. 눈앞에 보이는 이 풍경을 1,900×1,000, 즉 고작 몇 백만 개의 점으로 완벽하게 표현할 수는 없을 것이다. 그 정도면 충분히 선명할 거라고, 수업을 한 선생님이나 고화질 영상 발명가 또는 영화 제작자도 진짜 그렇게 믿고 있는 것일까? 물론 나조차도 이런 풍경을 멀리서 누군가가 바라본다면 아름답게 보이기를 절실한 심정으로 바랄 것이다. 토노가 보아주었으면 좋겠는 생각을 하자, 오늘 학교에서 있었던 사건이 저절로 떠올랐다.

점심시간에 평소처럼 유코, 사키랑 도시락을 먹고 있는데 "3학년 3반 스미다 카나에, 학생 지도실로 와주세요" 하는 교내 방송이 나왔다. 무엇 때문에 나를 호출하는지는 알고 있었지만, 그 방송을 토노가 들었을지도 모른다는 생각에 그만 창피해졌다. 그리고 언니한테도.

텅 빈 학생 지도실에는 진로 지도 교사인 이토 선생님이 앉아 있었고, 그 앞에는 프린트 한 장이 놓여 있었다. 내가 결국 이름만 적어서 제출한 진로 조사 용지다. 활짝 열어둔 창밖에서 '여름이다, 여름!' 하고 부르짖듯 매미 소리가 요란하게 들려왔지만 방 안은 서늘할 정도로 시원했다. 구름이 빠른 속도로 흘러가고 있었고 해가 나왔다가 사라지곤 했다. 동풍(東風)이다. 오늘은 파도가 많을 것 같다는 생각을 하면서 나는 선생님 앞에 가서 앉았다.

"……스미다, 아직 진로를 정하지 못한 학생은 너뿐이야."

이토 선생님은 들으란 듯이 한숨을 내쉰 후 귀찮다는 기색으로 말을 꺼냈다.

"죄송합니다……."

나는 그 말만을 중얼거리고는 다음에 할 말이 생각나지 않아서 입을 꾹 다물었다. 선생님도 말이 없다. 한동안 침묵이 이어진다.

나는 고개를 숙인 채 '1~3의 각 항에서 해당되는 번호에 ○를 해주십시오'라고 인쇄된 종이를 쳐다보았다.

1 : 대학 진학 (A : 4년제 대학 B : 단기 대학)

2 : 전문학교

3 : 취업 (A : 지역 B : 직종)

대학 항목에는 국공립인지 사립인지를 선택하는 문항이 더 있고 그 뒤로 쭉 학부 이름이 나열되어 있다. 의대, 치의대, 약대, 이과대, 공대, 농대, 수산대, 상대, 문과대, 법대, 경영대, 외국어대, 사범대. 단기 대학과 전문학교 항목도 마찬가지다. 음악, 예술, 유아 교육, 영양, 의상, 컴퓨터, 의료 간호, 조리, 미용, 관광, 미디어, 공무원……. 글자를 눈으로 좇기만 해도 머리가 어지럽다. 그리고 취업 항목에는 지역을 선택하게 되어 있고 '섬 내, 가고시마 내, 규슈, 간사이, 간토, 그 밖'이라고 쓰여 있다.

나는 섬 안이라는 글자와 간토라는 글자를 번갈아 쳐다보았다. 그리고 생각했다. 도쿄라……. 가본 적도 없고, 그러고 보니 가보고 싶다고 생각한 적도 없다. 내게 1999년 현재의 도쿄는 조폭이 있다는 시부야, 속옷을 파는 여고생, '도내 긴급 24시!' 같은 종류의 범죄가 횡행하고, 후지TV 건물에 붙어 있는 용도 불명의 거대한 은색 공으로 대표되는 크고 거창한 빌딩이 있는 그런 곳이다. 이어서 재킷을 입은 토노가 머리가 노랗고 피부는 뽀야며 루즈 삭스를 신은 여고생과 손을 잡고 걸어가는 풍경이 떠올랐다. 그 바람에 나는 얼른 상상력의 스위치를 꺼버렸다. 이토 선생님의 땅이 꺼질 것 같은 한숨 소리가 다시 들린다.

"거참, 이렇게 말하면 안 되지만 그렇게 고민할 만한 문제가 아니잖니. 네 성적으로는 전문학교나 단기 대학이나 취업일 텐데. 부모님이 허락하시면 규슈의 전문학교나 단기 대학, 허락 안 하시면 가고시마에서 취직. 그럼 되잖아? 스미다 선생님은 무슨 말씀 안 하시니?"

"아뇨……."

나는 조그맣게 중얼거리고는 다시 입을 다물어버렸다. 감정이 소용돌이친다. 이 선생님은 왜 굳이 방송으로 나를 호출해서는 언니 이야기까지 꺼내는 것일까? 턱수염은 왜 기르고? 또 샌들은 왜 신고? 아무튼 빨리 점심시간이 끝나면 좋겠다. 나는 그렇게 기도했다.

"스미다……, 입을 다물고 있으면 알 수가 없잖아."

"네……, 죄송합니다."

"오늘 밤에 언니랑 잘 의논해봐. 나도 말해놓을 테니."

이 선생님은 왜 내가 싫어하는 일만 콕 집어서 하는 것일까? 나는 진심으로 신기했다.

바다로 나가려고 패들링을 하는데 저 앞에서 커다란 파도가 보였다. 물거품을 일으키는 하얀 파도가 마치 롤러코스터처럼 다가오자 나는 부딪히기 직전 보드를 힘껏 물속으로 밀어 넣은 후 잠수해서 파도를 통과했다. 역시 오늘은 파도가 많다. 나는 좀 더 먼 곳까지 나가기 위해 몇 번이고 덕 다이브를 반복했다.

'여기가 아니야.'

나는 그렇게 생각했다.

여기는 안 된다. 더, 더 멀리 나가야 한다. 필사적으로 팔을 돌린다. 물이 묵직하다. 여기가 아니다, 여기가 아니다……. 나는 마치 주문을 외듯 마음속으로 반복했다.

그리고 그 말이 토노의 모습과 완전히 겹쳐진다는 것을 불현듯 깨달았다. 가끔 그런 순간이 있다. 파도를 향해 가다 보면 마치 초능력자처럼 뭔가를 번개처럼 깨닫는 때가 있다. 방과 후의 편의점 옆, 아무도 없는 오토바이 주차장, 이른 아침 학교 건물 뒤편. 그런 곳에서 누군가에게 문자를 보내고 있는 토노의 모습에서 나는 '여기가 아니야'라는 외침을 듣는다. 그런 것쯤은 나도 알고 있다, 토노. 나 역시 마찬가지니까. 여기가 아니라고 생각하는 것은 토노만이 아니다. 토노, 토노, 토노……. 나는 그렇게 반복하면서 어중간한 자세로 파도에 밀려 올라갔고, 그럼에도 일어서기 위해 애를 써보았다. 하지만 순식간에 부서져버린 파도와 함께 바닷속으로 푹 고꾸라지고 말았다. 나도 모르게 바닷물을 들이마셔버린 나는 허둥지둥 수면 위로 올라와 보드를 붙잡고 캑캑 기침을 했다. 콧물과 눈물이 나오면서 꼭 진짜로 울고 있는 것 같은 기분이 든다.

학교로 돌아가는 차 안에서 언니는 진로 이야기를 꺼내지 않았다.

저녁 7시 45분. 나는 편의점 음료수 판매대 앞에 쪼그려 앉아 있다. 오늘은 혼자다. 오토바이 주차장 앞에서 한참 기다려 보았지만 토노는 나타나지 않았다. 모든 일에 운이 따라주지 않는 하루. 나는 결국 다시 요구르트를 사고 말았다. 편의점 옆에 세워둔 오토바이에 기대어 달콤한 액체를 한 번에 쭉 들이 켠 후 헬멧을 쓰고 다시 오토바이에 올라탔다.

나는 아직 아련하게 빛이 남아 있는 서쪽 지평선을 곁눈질로 구경하면서 오토바이를 타고 언덕길을 달렸다. 왼편으로 시선을 내리니 마을이 한눈에 들어오고 시야 한구석으로 숲 너머의 해안선도 보인다. 오른편으로는 밭이 있고 그 너머는 완만한 언덕이다. 대부분이 평탄한 이 섬에서 이 근방은 가장 전망이 좋은 장소였고 토노의 통학로이기도 했다. 천천히 달리다 보면 혹시 뒤에서 쫓아올 수도 있지 않을까? 아니면 정말로 먼저 가버렸나? 오토바이 엔진이 부르릉 기침을 토하면서 잠시 시동이 멈추었지만, 아무 일도 없었던 것처럼 금방 원상태로 돌아왔다. 이 슈퍼 커브도 이제는 할머니니까…… "커브, 괜찮아?" 하고 오토바이를 향해 중얼거리는데, 전방 도로 갓길에 세워져 있는 한 오토바이가 눈에 들어왔다. 토노의 오토바이다! 나는 번개처럼 그것을 확신했고 그 옆에 내 오토바이를 나란히 세웠다.

나는 거의 무아지경으로 언덕 경사면을 오르기 시작했다. 부드러운 여름풀을 밟는 감촉. 이런, 내가 뭘 하는 거지? 나는 깜짝 놀라 마음을 가라앉혔다. 가까이에서 본 오토바이는 역시나 토노의 것이 맞았지만, 이런 식으로 그가 있는 곳으로 쳐들어가서 대체 뭘 하려고? 이런 식의 만남은 당연히 좋지 않다. 분명 나를 위해서도. 그런데도 다리는 멈추지 않았고, 계단처럼 높이 자란 풀들을 헤치고 나아가자 눈앞에 그가 있었다. 밤하늘을 등지고 언덕 정상에 쪼그려 앉아, 역시나 휴대 전화 문자 메시지를 작성하고 있다.

마치 내 마음을 뒤흔들려는 듯 바람이 불어와 머리카락과 옷을 흔들었고, 풀잎이 흔들리는 소리가 주위를 가득 채웠다. 그 소리에 호응하듯 내 가슴은 두근두근 큰 소리로 뛰기 시작했다. 나는 그 소리를 듣고 싶지 않아서 일부러 크게 외치면서 언덕을 올라갔다.

"이봐, 토노!"

"어라, 스미다? 어떻게 된 거야? 잘도 찾아왔네."

토노가 조금 놀란 듯이 외쳤다.

"헤헤헤…… 네 오토바이 보고 와버렸어! 괜찮아?"

나는 그렇게 대답하면서 빠르게 그에게로 걸어갔다. 이런 일쯤은 아무것도 아니라며, 스스로를 설득시키면서.

"응, 그랬구나. 반가워. 오늘은 오토바이 주차장에서 못 만났잖아.”

“나도!”

나는 최대한 씩씩하게 말하면서 스포츠 백을 어깨에서 내리고 그의 옆자리에 털썩 앉았다. 내가 정말 반가운 것일까? 심장이 왠지 욱신거린다. 그의 곁으로 다가갈 때면 항상 이렇다. ‘여기가 아니야’라는 말이 한순간 가슴속을 스쳐 지나간다. 서쪽 지평선은 어느 틈엔가 완전히 어둠에 가라앉았다.

점차 거세지는 바람이 저 멀리 눈 아래로 드문드문 보이는 마을의 불빛을 흔들어댄다. 성냥갑처럼 작게 보이는 학교에는 아직도 곳곳에 불이 켜져 있다. 국도변에서는 차 한 대가 주황색으로 깜박거리는 신호등 밑을 지나가고 있다. 마을 체육 시설에 설치되어 있는 거대한 하얀 풍차가 힘차게 돌아간다. 구름이 많고 흐름도 빨랐으며 그 틈새로 은하수와 여름의 대삼각형이 보였다. 베가, 알타이르, 데네브. 바람이 귓가를 간질이며 휘이잉 하고 노래했다. 풀과 나무와 비닐하우스가 바람에 흔들리며 쏴아아 하는 소리를 냈고, 요란한 벌레 울음소리가 뒤섞여 들려왔다. 세차게 부는 바람 속에서 나는 점점 더 차분해졌다. 짙은 녹음의 향이 주위에 가득하다.

그런 풍경 속에서 나와 토노는 나란히 앉아 있다. 두근두근 뛰던 심장은 이제 꽤 조용해졌고 나는 그의 어깨를 가까이에서 느낄 수 있다는 사실이 진심으로 기뻤다.

"저기 있잖아, 토노는 대학 갈 거야?"

"응, 도쿄에 있는 대학에 지원할 거야."

"도쿄……. 그렇구나. 그럴 것 같았어."

"왜?"

"왠지 멀리 가고 싶어 하는 것처럼 보였거든."

그 말을 하면서도 그다지 동요하지 않는 나 자신에게 스스로도 놀랐다. 토노 입에서 진짜로 도쿄로 간다는 말을 들으면 눈앞이 캄캄해질 줄 알았던 것이다. 조금 침묵한 후 그가 상냥한 음성으로 말했다.

"……그렇구나. 스미다는?"

"뭐, 나? 나는 내일 일도 모르는걸."

토노가 어이없어하겠지 하는 생각을 하면서도 나는 솔직하게 말하고 말았다.

"아마 누구든 그럴 거야."

"뭐? 말도 안 돼! 토노도?"

"물론이지."

"고민 같은 건 전혀 하지 않는 것처럼 보였어!"

"그럴 리가."

그는 조용히 웃으면서 말을 이었다.

"내가 얼마나 고민을 많이 하는데. 할 수 있는 일을 어떻게든 하고 있는 것뿐이야. 전혀 여유롭지 않아."

가슴이 두근거린다. 내 옆에 앉은 남학생이 이런 생각을 한다는 것이, 또 그것을 나에게만 말해준다는 것이 너무나도 기뻐서 가슴이 두근거린다.

"……그래. 그렇구나."

나는 그렇게 말하고 그의 얼굴을 힐끔 쳐다보았다. 토노는 멀리서 빛나는 불빛을 똑바로 바라보고 있다. 꼭 무력한 어린 아이처럼 보이기도 한다. 나는 이 사람을 좋아하는구나. 그 사실을 새삼 강하게 깨달았다.

……그렇다. 가장 중요하고 분명한 것은 이것이다. 내가 그를 좋아한다는 것. 그래서 나는 그의 말에서 여러모로 힘을 얻는다. 그를 이 세상에 존재하게 해준 누군가에게 감사하고 싶어서 견딜 수가 없어졌다. 이를테면 그의 부모님, 혹은 신에게. 나는 스포츠 백에서 진로 조사 용지를 꺼내서 종이접기를 시작했다. 어느 틈엔가 바람은 잠잠해졌고 풀이 흔들리는 소리며 벌레 울음소리도 제법 조용해졌다.

"……그거 비행기야?"

"응!"

나는 완성된 종이비행기를 마을을 향해 날렸다. 종이비행기는 놀랄 만큼 멀리까지 똑바로 날아갔고, 중간에 갑자기 불어온 바람에 밀려 높이 날아오른 후 어둠 속으로 사라져 보이지 않게 되었다. 두꺼운 구름층 사이로 하얀 은하수가 선명하게 보였다.

/////

"너 이 시간까지 뭐 한 거니. 감기 걸리겠다, 얼른 목욕해!"

언니의 성화에 나는 욕조에 풍덩 몸을 담갔다. 물속에서 무심코 내 팔뚝을 문질렀다. 내 팔뚝은 근육이라 단단하다. 게다가 표준보다 약간…… 아니, 제법 두꺼운 것 같다. 나는 마시멜로처럼 몰랑몰랑하고 부드러운 팔뚝을 동경한다. 하지만 내 콤플렉스가 바로 눈앞에 있는데도 지금의 나는 전혀 아무렇지 않았다. 몸처럼 마음도 따끈따끈하다. 언덕에서 나누었던 대화가, 토노의 차분한 음성이, 헤어질 때 그가 해준 말이 아직도 귓속에 남아 있는 느낌이다. 그 울림을 떠올리면 짜릿할 만큼 기분 좋은 느낌이 온몸에 퍼진다. 얼굴이 헤벌쭉해지는 것을 스스로도 알겠다. 나 좀 위험하다. 그렇게 생각하면서 나도 모르게 "토노" 하고 조그맣게 불러보고 말았다. 그 이름은 욕실을 달콤하게 울리고 따뜻한 김 속에 녹아들었다. 오늘은 여러모로 일이 많은 하루였다고. 나는 행복한 기분으로 다시 떠올렸다.

함께 집에 가던 우리는 엄청나게 큰 트레일러가 천천히 이동하는 광경을 목격했다. 타이어 크기만 해도 내 키 정도 되는 거대한 견인차가 수영장만큼 긴 하얀 상자를 끌고 가고 있었고, 그 상자에는 커다랗게 'NASDA/우주개발사업단'라는 글자가 박혀 있었다. 그런 트레일러가 두 대나 있었고, 그 앞뒤로 승용차 몇 대가 함께 이동 중이었으며, 붉은 유도등을 손에 든 사람들이 같이 걸어갔다. 로켓을 운반 중인 것이다. 말로만 들었을 뿐 실제로 보는 것은 처음이다. 배로 운반한 로켓을 항구에서부터 섬 남단에 있는 발사장까지 하룻밤에 걸쳐 이렇게 조심조심 운반한다고 들었다.

"시속 5킬로미터래."

내가 예전에 어디선가 들어본 적이 있는 트레일러 운반 속도다. 그런데 내 말을 듣더니 토노는 어쩐지 멍한 기색으로 "그래?" 하고 대꾸했다. 우리는 한동안 로켓을 운반하는 광경을 넋 놓고 구경했다. 웬만해서는 보기 힘든 이 광경을 설마 토노와 함께 보게 될 줄은 꿈에도 몰랐다.

그런데 갑자기 비가 내리기 시작했다. 이 계절에 흔히 있는, 양동이로 들이붓듯 억수같이 쏟아지는 비였다. 당황한 우리는 오토바이를 몰아 귀가를 서둘렀다. 내 헤드라이트 불빛이 비에 흠뻑 젖은 토노의 등을 비춘다. 둘 사이가 전보다 아주 조금은 가까워진 느낌이다. 우리 집은 그의 집에 가는 길에 있기에 우리는 항상 그랬던 것처럼 우리 집 문 앞에서 헤어졌다.

"스미다."

헤어질 때 헬멧 바이저를 올리면서 그가 말했다. 비는 점점 더 세차게 내리고 있었고 우리 집에서 흘러나오는 노란 불빛이 비에 젖은 그의 몸을 희미하게 비추었다. 젖어서 달라붙은 셔츠 너머로 그의 몸 선이 뚜렷이 드러나 가슴이 두근거렸다. 내 몸 역시 저렇게 보일 거라는 생각에도 가슴이 두근거렸다.

"오늘 미안했어. 다 젖게 해서."

"아니야, 아니야, 아니야! 토노 잘못이 아니야. 내가 멋대로 찾아갔던 거잖아."

"그래도 너랑 이야기해서 좋았어. 그럼 내일 보자. 감기 걸리지 않게 조심하고. 잘 자."

"응. 잘 자, 토노."

나는 욕조 안에서 "잘 자, 토노" 하고 또 한 번 조그맣게 중얼거렸다.

목욕을 마치고 저녁을 먹으러 나왔다. 오늘 메뉴는 스튜와 비늘돔 튀김과 잿방어회였다. 너무 맛있어서 나는 엄마한테 밥을 세 번이나 더 달라고 했다.

"너 진짜 잘 먹는다."

밥공기를 주면서 엄마가 말했다.

"밥을 세 그릇이나 먹는 여고생은 너밖에 없을 거야."

언니도 어이없다는 듯이 말한다.

"하지만 배가 고픈걸……. 아 참, 언니."

나는 비늘돔 튀김을 입에 넣으면서 말했다. 튀김에는 전분 소스가 뿌려져 있다. 정말 맛있다.

"저기 오늘, 이토 선생님이 무슨 말씀 없었어?"

"아, 응. 무슨 말씀이 있었지."

"미안해, 언니."

"사과할 일은 아니야. 천천히 정하면 돼."

"뭐니, 카나에. 무슨 혼날 일이라도 저질렀니?"

엄마가 언니의 찻잔에 차를 따르면서 물어본다.

"별것 아니야. 그 선생님 성격이 좀 예민해."

언니는 아무 일도 아니라는 듯이 대답했고, 나는 새삼 이 사람이 내 언니라 다행이란 생각을 했다.

그날 밤, 나는 꿈을 꾸었다.

커브를 주웠을 때의 꿈이다. 여기서 말하는 커브는 혼다 오토바이가 아니라 우리 집에서 키우는 시바견의 이름이다. 초등학교 6학년 때 내가 해안에서 주웠다. 당시 나는 언니의 오토바이인 커브를 부러워했기에 주운 강아지한테 그 이름을 지어주었다.

하지만 꿈속의 나는 어린아이가 아닌 열일곱 살 지금의 나였다. 나는 강아지 커브를 안고서 신비한 빛으로 가득 찬 모래사장을 걷고 있었다. 하늘을 올려다보았더니, 그곳에는 태양 대신 별들이 눈부시게 반짝이는 밤하늘이 펼쳐져 있었다. 빨간색, 초록색, 노란색 등 온갖 색깔의 행성들이 반짝거렸고 그 하늘 전체를 눈부신 은하수가 거대한 기둥처럼 관통하고 있었다. 나는 이런 장소가 있었나 싶어 의아해했다. 문득 멀리서 누군가가 걸어가고 있다는 것을 알아챘다. 나는 그 사람을 잘 알고 있는 것 같은 느낌이 들었다.

미래의 나에게 저 사람은 분명 몹시 소중한 존재가 될 거라고, 어느 틈에 어린아이가 된 나는 생각한다.

과거의 내게 저 사람은 몹시 소중한 존재였다고, 어느샌가 언니랑 같은 나이가 된 내가 생각한다.

눈을 떴을 때는 꿈의 내용이 기억나지 않았다.

3

"언니, 운전면허 언제 땄어?"

"대학교 2학년 때니까 열아홉 살 때인가? 후쿠오카에 있을 때 땄어."

운전할 때의 언니를 보면 우리 언니지만 섹시하다는 생각이 든다. 핸들을 잡은 가느다란 손가락, 아침 햇살을 눈부시게 반사하는 긴 검은 머리, 사이드 미러를 흘끗 보는 동작이나 기어를 바꾸는 손놀림. 활짝 열어놓은 창문으로 들어온 바람을 타고 언니의 머리에서 풍기는 향기가 희미하게 날아온다. 분명 같은 샴푸를 쓰는데 나보다 언니 향기가 더 좋은 것 같은 기분이 든다. 나는 무심코 교복 치마 끝자락을 잡아서 폈다.

"있지, 언니."

나는 언니의 옆얼굴을 보면서 입을 열었다. 우리 언니 속눈

섭 기네…….

"몇 년 전에 집으로 남자 데려온 적 있었잖아. 키바야시 씨였던가?"

"아, 코바야시 말이지?"

"그 사람이랑 어떻게 됐어? 사귀는 사이였지?"

"뭐니, 갑자기."

언니는 조금 놀란 듯이 말했다.

"헤어졌어. 오래전에."

"그 사람이랑 결혼할 생각이었어? 그 코바야시 씨랑."

"그렇게 생각했던 때도 있었지. 중간에 관뒀지만."

언니는 추억에 잠기듯 웃으면서 말했다.

"흠…….."

나는 '왜 관뒀는데?'라는 질문을 꿀꺽 삼키고 다른 질문을 했다.

"슬펐어?"

"물론이지. 몇 년이나 사귄 사람인데. 같이 살기도 했고."

왼쪽으로 꺾어서 해안으로 이어지는 좁은 길로 들어서자 아침 햇살이 똑바로 쏟아져 들어온다. 구름 한 점 없이 새파란 하늘. 언니는 눈을 가늘게 뜨면서 선바이저를 내렸다. 그런 동작마저 내 눈에는 섹시해 보였다.

"하지만 지금 생각해보면 둘 다 결혼 생각이 그렇게 절실하지는 않았던 것 같아. 그러다 보니 사귀면서도 마음 둘 곳이 없더라. 공통된 목적지 같은 것."

"음."

이해가 잘 안 되지만 나는 고개를 끄덕였다.

"혼자 가고 싶은 장소와 둘이서 가고 싶은 장소는 별개야. 하지만 그때는 그런 것을 일치시켜야 하는 줄 알고 필사적이었던 것 같아."

"응……."

가고 싶은 장소……. 나는 마음속으로 다시 읊조렸다. 무심결에 길가로 시선을 돌렸는데 흐드러지게 피어 있는 야생 백합과 마리골드가 보였다. 눈부신 흰색과 노란색. 내 보디 슈트와 같은 색깔이다. 예뻐라. 꽃은 참 대단하다. 나는 그렇게 생각했다.

"왜 그래? 갑자기?"

언니가 내 쪽을 보며 묻는다.

"음……, 딱히 별것 아닌데……."

나는 그렇게 말하며 언니에게 줄곧 하고 싶었던 질문을 던졌다.

"있잖아, 언니는 고등학교 때 남자 친구 있었어?"

언니는 재미있다는 듯이 웃으면서 "없었어. 너처럼" 하고 대답하더니 덧붙였다.

"카나에, 너는 고등학교 때의 나를 똑 닮았어."

토노랑 같이 비를 맞았던 날로부터 2주가 지났고, 그사이에 태풍 하나가 섬을 통과했다. 사탕수수를 흔드는 바람이 희미하게 냉기를 품기 시작했고, 하늘이 아주 약간 높아졌으며 구름의 윤곽이 부드러워졌다. 커브를 타는 친구들 몇은 얇은 점퍼를 걸쳐 입게 되었다. 지난 2주간 나는 토노랑 한 번도 같이 집에 가지 못했고 파도도 여전히 타지 못했다. 그럼에도 최근에는 예전보다 서핑이 훨씬 더 즐겁다.

"있잖아, 언니."

나는 서프보드에 미끄럼 방지용 왁스를 바르면서 운전석에서 책을 읽고 있는 언니에게 말을 걸었다. 차는 언제나처럼 해안가 주차장에 세워져 있었고 나는 보디 슈트로 갈아입었다. 오전 6시 30분, 학교 가기 전까지 앞으로 한 시간쯤 바다에 들어갈 수 있다.

"왜?"

"진로 말인데."

"응."

나는 문을 활짝 열어둔 스텝 왜건 트렁크에 걸터앉아 있었기에 언니랑은 등을 맞대고 이야기하는 자세였다. 바다 저 멀리 정박해 있는 군함처럼 생긴 커다란 회색 선박이 보였다.

NASDA의 배다.

"지금도 어떻게 해야 할지 모르겠지만……. 그래도 괜찮아, 일단은 정했거든."

왁스를 다 바르고 비누처럼 생긴 왁스 덩어리를 옆에 내려놓은 나는 언니의 대답을 기다리지 않고 말을 이었다.

"할 수 있는 일부터 하나씩 해볼까 해. 다녀올게!"

나는 그렇게 말하며 보드를 끌어안고 상쾌한 기분으로 바다를 향해 달려 나갔다. 그날, 토노가 했던 '할 수 있는 일을 어떻게든 하고 있는 것뿐'이라던 말을 떠올리면서. 그렇게 해나가는 수밖에 없다고, 그거면 충분하다고, 나는 확고히 생각했다.

하늘도 바다도 같은 색이라 나는 마치 아무것도 없는 공간에 떠 있는 기분이었다. 바다 쪽으로 더 나가기 위해 패들링과 덕 다이브를 반복하는 사이에 점점 마음과 몸의 경계, 몸과 바다의 경계가 모호해져 간다. 바다를 향해 패들링을 하면서 다가오는 파도의 모양과 거리를 거의 무의식적으로 계산해보고, 안 될 것 같다는 생각이 들면 보드를 잡고 몸을 수중으로 밀어 넣어 파도를 통과했다. 될 것 같은 파도가 오면 턴해서 파도가 오기를 기다렸다. 이윽고 보드가 파도에 들려 올라가는 부력이 느껴진다. 앞으로 일어날 일을 상상하면서 나는 짜릿함을 느낀다. 보드가 파도의 페이스에서 미끄러지기 시작하면 나는 상반신을 일으키고 두 발로 보드를 디딘 후 중심을 올린다. 일어서려 한다. 눈높이가 확 올라가면서 세상이 그 비밀스러운 광채를 보여준다.

그렇지만 딱 한순간뿐이다. 다음 순간, 나는 어김없이 파도에 빠진다.

하지만 이 거대한 세상이 나를 거부하는 것은 아님을 나는 이미 알고 있다. 멀리 떨어져서 본다면, 가령 언니의 시선으로 본다면 나는 이 빛나는 바다에 포함되어 있다. 그래서 다시 한 번 바다를 향해 패들링해나간다. 몇 번이고 몇 번이고 반복한다. 그러는 사이에 아무 생각도 하지 않게 된다.

그리고 그날 아침, 마침내 나는 파도 위에 섰다. 거짓말처럼 갑작스럽게, 흠잡을 데 없이 완벽하게.

고작 17년의 시간을 인생이라 말해도 된다면, 내 인생은 이 순간을 위한 것이었다는 생각이 들었다.

/////

이 곡은 안다. 모차르트의 세레나데다. 중학교 1학년 음악회 때 반에서 합주를 한 적이 있는데 나는 멜로디언 담당이었다.

호스를 입에 물고 숨을 불어넣으면서 연주하는 악기로, 내 힘으로 소리를 나게 하는 느낌이 좋았다. 그 무렵 나의 세상에는 아직 토노가 없었다. 서핑도 하지 않았고, 지금 생각해보면 참 단순한 세상이었던 것 같다.

세레나데는 작은 밤의 노래라고 쓰기도 한다. 소야곡(小夜曲). 나는 작은 밤이 무엇일지 궁금했다. 그런데 토노랑 함께 집에 오는 길이 어쩐지 작은 밤 같다는 느낌이 들었다. 마치 우리를 위해 오늘 이 곡을 튼 것 같다. 이유는 잘 모르겠지만, 기운이 난다. 오늘이야말로 꼭 같이 집에 가야지. 방과 후에 바다에 가지 말고 기다려볼까? 오늘은 6교시까지밖에 없고 시험 전이라 동아리 활동도 짧을 테니까.

"……나에."

'응?'

"애, 카나에!"

사키가 나한테 말을 걸고 있다. 12시 55분. 지금은 점심시간이고 교실 스피커에서는 클래식 음악이 조그맣게 흐르고 있으며 나는 평소처럼 사키, 유코와 셋이서 도시락을 먹는 중이다.

"아, 미안. 무슨 말했어?"

"멍한 것은 괜찮은데, 너 지금 음식을 입에 넣고 계속 멈춰 있었어."

사키가 말한다.

"심지어 혼자 싱글벙글 웃기도 하더라."

유코도 말한다.

나는 황급히 입속에 있는 달걀을 씹기 시작했다. 우물우물. 맛있다. 꿀꺽.

"미안, 미안. 무슨 이야기했어?"

"사사키가 또 남자한테 고백받았다는 거야."

"아하. 걘 예쁘잖아."

나는 그렇게 말하며 아스파라거스 베이컨말이를 입에 넣었다. 엄마가 싸준 도시락은 정말 맛있다.

"그보다 카나에, 어째 오늘 굉장히 즐거워 보인다?"

사키가 말했다.

"그리고 살짝 무서워 보여. 토노가 보면 흠칫 물러설걸?"

유코도 말한다.

오늘은 두 사람의 농담도 전혀 신경 쓰이지 않는다. 나는 "그래?" 하며 흘려 넘겼다.

"얘, 확실히 이상해."

"그러게. 토노랑 무슨 일 있었어?"

나는 "흐흐" 하고 의미심장한 미소를 짓는 것으로 여유롭게 대답했다. 정확히는 앞으로 무슨 일인가가 있을 예정이지만.

"뭐, 진짜?"

두 사람은 놀라서 동시에 입을 모아 외쳤다. 그렇게 놀랄 일인가?

나도 언제까지나 짝사랑만 하고 있지는 않을 것이다. 파도 위에 선 오늘, 나는 마침내 그에게 좋아한다고 고백할 것이다.

그렇다, 파도에 올라탄 오늘 말하지 않으면 분명 앞으로도 쭉 말할 수 없다.

오후 4시 40분. 나는 연결 통로 중간에 있는 여자 화장실에서 거울을 보았다. 3시 반에 6교시가 끝난 후 나는 바다에 가지 않고 쭉 도서관에서 시간을 보냈다. 당연히 공부가 될 리 없었기에 턱을 괴고 창밖만 구경했다. 화장실 안은 조용했다. 어느 틈에 머리가 자랐네. 나는 거울을 보면서 생각했다. 뒷머리가 어깨에 살짝 닿는다. 중학교 때까지는 더 길었지만 고등학교에 진학하고 서핑을 시작한 것을 계기로 머리를 싹둑 잘랐다. 언니가 선생님으로 있는 고등학교에 온 것도 분명 그 이유 중 하나다. 머리가 길고 미인인 언니와 비교당하는 것이 부끄러웠다. 그런데 문득 이대로 쭉 길러볼까 하는 생각이 들었다.

거울에 비친, 뺨이 붉게 상기되어 있는 까무잡잡한 내 얼굴. 토노의 눈에는 내가 어떻게 보일까? 눈 크기, 눈썹 모양, 코 높이, 입술의 매끄러운 정도. 키나 머릿결, 가슴 크기. 언제나 그렇듯 살짝 실망을 느꼈지만, 나는 내 몸을 하나하나 점검하듯 유심히 살펴보았다. 치열이건 손톱 모양이건, 어디든 상관없으니까……. 나는 기도했다. 내 어딘가에 그가 좋아할 만한 구석이 있기를, 하고.

오후 5시 30분. 나는 항상 숨었던 학교 건물 뒤편에 서 있었다. 그곳에선 오토바이 주차장이 다 보인다. 해는 제법 서쪽으로 기울었고 학교 건물이 드리운 긴 그림자가 땅바닥을 빛과 그림자로 선명하게 가르고 있다. 내가 있는 곳은 그 경계선, 아슬아슬하게 그림자 안쪽이다. 하늘을 올려다보니 아직 밝고 파랬지만 그 파란색이 대낮보다 약간 물 빠진 듯 보인다. 방금 전까지 나무들 사이에 가득했던 말매미 울음소리는 조용해졌지만, 그 대신 지금은 발밑의 수풀에서 여러 벌레 울음소리가 흘러나오고 있다. 그리고 그 소리에 질 수 없다는 듯이 내 심장도 두근두근 큰 소리로 뛰고 있다. 몸속의 피가 신나게 달리고 있는 것이 느껴진다. 조금이라도 마음을 가라앉히기 위해 심호흡을 해보지만 너무 긴장한 나머지 때때로 숨을 내뱉는 것을 까먹었다. 놀라서 얼른 숨을 크게 내뱉었지만, 그 불규칙한 호흡에 괜히 심장 박동만 더 빨라진다. ……오늘 말할 수 있어야 하는데. 오늘 말해야 하는데. 거의 무의식중에 몇 번이고 몇 번이고 벽 뒤에 숨어 오토바이 주차장을 훔쳐보았다.

그래서 토노가 "스미다" 하고 말을 걸었을 때도 기쁨보다 당혹감과 초조함을 먼저 느꼈다. 나도 모르게 꺅 소리를 지를 뻔했지만 필사적으로 삼켰다.

"지금 집에 가?"

벽 뒤에서 훔쳐보는 나를 발견한 토노가 평소처럼 차분한 걸음걸이로 오토바이 주차장에서 걸어 나온다. 나는 나쁜 장난을 하다 들킨 심정으로 주차장을 향해 걸음을 옮기면서 "응" 하고 대답했다.

"그래? 그럼 같이 집에 갈까?"

그가 평소처럼 상냥한 목소리로 말했다.

오후 6시. 서쪽으로 난 창문으로 똑바로 쏟아져 들어온 저녁 햇살이 편의점 음료수 판매대 앞에 나란히 선 우리를 비춘다. 평소에는 어두워진 다음에 오던 편의점이라 꼭 다른 가게에 들른 것처럼 마음이 불안했다. 뜨거운 저녁 햇살을 왼쪽 뺨에 느끼면서 나는 '소야곡이 아니었어' 하고 생각했다. 바깥은 아직 밝았다. 오늘은 살 것이 정해져 있었다. 토노와 똑같은 커피 우유. 내가 망설임 없이 그 종이 팩을 잡자 토노가 놀란 듯이 말했다.

"어라, 스미다? 오늘은 벌써 정했어?"

나는 그가 있는 쪽을 보지 않고 "응" 하고 대답했다. 좋아한다고 말해야 하는데. 집에 도착해버리기 전에. 심장이 계속 뛰고 있다. 가게 안에 흐르는 팝송이 내 심장 뛰는 소리를 지워주고 있기를 기도했다.

　저녁 해가 편의점 바깥의 세상을 빛과 그림자로 나누어 칠하고 있었다. 자동문에서 나오면 빛 속. 편의점 모퉁이 너머, 오토바이가 세워져 있는 작은 주차장은 그림자 속이다. 나는 비닐봉지를 한 손에 들고 그림자 세상으로 들어가는 토노의 뒷모습을 지켜보았다. 하얀 셔츠에 감싸인 넓은 등. 그것을 보고 있는 것만으로도 가슴이 아리다. 정말 몹시도 애달프다. 40센티미터쯤 앞에서 걷고 있는 그와의 거리가 갑자기 5센티미터 정도 더 벌어진다. 순간 외로움이 격렬하게 끓어올랐다. 기다려! 나는 순간적으로 손을 뻗어 그의 셔츠 자락을 붙잡고 말았다. 실수다. 하지만 지금 말하자, 좋아한다고.

　그가 멈추어 선다. 그리고 잠시 기다렸다 천천히 나를 돌아본다. '여기가 아니야'라는 그의 목소리가 들린 것 같아서 나는 섬뜩해졌다.

　"……왜 그래?"

　내 몸속 아주 깊은 곳이 다시 한 번 섬뜩함에 떨려왔다. 그저 조용하고, 상냥하고, 차가운 목소리. 나도 모르게 그의 얼굴을 빤히 쳐다보고 말았다. 웃음기 없는 얼굴. 굉장히 강한 의지로 가득 찬 조용한 눈.

결국, 아무 말도 할 수 없었다.

아무것도 말하지 말라는 강한 거절이었다.

/////

맴 맴 매앰……. 저녁매미 울음소리가 공기 중에 메아리친다. 저 멀리 있는 숲에서는 밤을 맞이할 준비를 하는 새들의 날카로운 지저귐이 조그맣게 들린다. 아직 아슬아슬하게 저물지 않은 태양이 집에 가고 있는 우리를 복잡한 보랏빛으로 물들였다.

나와 토노는 사탕수수와 고구마밭 사이로 난 좁은 길을 걷고 있다. 아까부터 우리는 쭉 말이 없다. 규칙적으로 울리는 두 사람의 단단한 신발 소리. 나와 그는 한 걸음 반 정도 떨어져 있고, 나는 더 멀어지지도 않고 더 가까워지지도 않기 위해 필사적이었다. 그의 보폭은 넓다. 어쩌면 화가 난 것일지도 모른다 싶어서 흘끗 얼굴을 보았지만, 평소와 똑같은 표정으로 그저 하늘을 보고 있는 것 같았다. 나는 고개를 숙이고 내 발이 아스팔트에 드리우는 그림자를 바라보았다. 문득 편의점에 두고 온 오토바이가 생각난다. 버리고 온 것이 아니건만 꼭 내가 잔인한 짓이라도 한 것처럼 후회 비슷한 감정이 든다.

좋아한다는 말을 삼킨 후, 내 오토바이 커브는 마치 내 감정과 연동된 양 시동이 걸리지 않았다. 스타터를 누르고 킥으로 시동을 걸려고 해보았지만 꼼짝도 하지 않았다. 오토바이에 걸터앉아 안절부절못하는 내게 토노는 역시나 상냥했다. 아까 보았던 그의 차가운 얼굴이 꼭 거짓말처럼 여겨져서 나는 조금 혼란스러웠다.

"아마도 스파크 플러그 수명이 다 된 거 아닐까?"

토노는 내 커브를 한번 쭉 만져보더니 물었다.

"이거 물려받은 거야?"

"응, 언니한테서."

"가속할 때 좀 느리지 않았어?"

"그랬던 것도 같고……."

그러고 보니 최근 시동이 잘 안 걸리는 때가 종종 있었다.

"오늘은 일단 여기 세워두고 나중에 가족들한테 가지러 와 달라고 해. 오늘은 걸어가자."

"뭐? 나 혼자 걸어갈게! 너는 먼저 가."

나는 초조해하며 말했다. 그에게 폐를 끼치고 싶진 않았다. 그런데도 그는 상냥하게 대답했다.

"여기는 집이랑 가까워서 괜찮아. 그리고 좀 걷고 싶어."

나는 이유 없이 울고 싶은 마음이 들었다. 벤치에 나란히 놓인 커피 우유를 본다. 혹시 그의 거절이라 느꼈던 것이 내 착각은 아니었을까, 한순간 그런 생각이 들었다. 하지만.

착각일 리가 없다.

어째서 우리는 쭉 말없이 걷고 있는 것일까. 같이 집에 가자고 말해주는 쪽은 언제나 토노였는데. 어째서 너는 아무 말도 하지 않는 것일까. 어째서 너는 항상 상냥한 것일까. 어째서 네가 내 앞에 나타난 것일까. 어째서 나는 이렇게나 네가 좋은 것일까. 어째서. 어째서.

저녁 해에 반짝반짝 빛나는 아스팔트. 그 위를 필사적으로 걷는 내 발밑이 점점 젖어 들어간다.

'……부탁이야. 토노, 부탁이야. 더는 견딜 수가 없어. 안 되겠어.'

눈물이 두 눈에서 뚝뚝 떨어진다. 두 손으로 닦아내고 또 닦아내도 눈물이 넘친다. 그에게 들키기 전에 울음을 멈춰야 하는데. 나는 필사적으로 울음을 억눌렀다. 하지만 토노는 분명 눈치챌 것이다. 그리고 상냥하게 말을 걸겠지. 이렇게.

"……스미다! 왜 그래?"

미안. 분명 너는 잘못한 것이 없는데. 나는 어떻게든 입을 열려 했다.

"미안해……. 아무것도 아니야. 미안해……."

나는 멈추어 서서 고개를 숙이고 계속 울어버렸다. 이제는 멈출 수가 없었다. 토노가 슬픈 듯이 "스미다" 하고 중얼거리는 소리가 들린다. 여태까지 들어본 것 중에 가장 감정이 실린 그 말. 그것이 슬픈 울림을 담고 있다는 사실에 나는 몹시도 슬펐다. 저녁매미 울음소리는 아까보다 더 크게 대기를 채우고 있다. 내 마음이 소리를 지른다. 토노, 토노. 부탁이야, 제발. 더는.

'상냥하게 대하지 말아줘.'

그 순간, 저녁매미 울음소리가 썰물 빠지듯 뚝 그쳤다. 섬 전체가 정적에 휩싸인 것처럼 느껴졌다.

그리고 다음 순간, 굉음이 대기를 흔들었다. 놀라서 고개를 든 내 뿌연 눈에 저 멀리 언덕에서 날아오르는 불덩어리가 보였다.

그것은 발사되는 로켓이었다. 분사구에서 분출된 빛이 시야를 눈부시게 뒤덮으면서 로켓은 상승하기 시작했다. 로켓의 불꽃은 섬 전체의 공기를 진동시키고 석양으로 물든 구름을 태양보다 더 밝게 빛나게 만들면서 똑바로 날아올랐다. 그 빛 뒤로 탑처럼 길고 하얀 연기가 끝없이 피어오른다. 거대한 연기 탑에 저녁 해가 가려지자 하늘이 빛과 그림자로 크게 갈라진다. 빛과 연기 탑은 끝없이, 끝없이 뻗어 나갔다. 그것은 저 먼 상공까지 대기의 입자를 진동시켰고, 하늘이 찢어지는 비명을 내지르기라도 하는 것처럼 잔향이 가늘고 길게 이어졌다.

로켓이 구름 사이로 사라져 보이지 않게 될 때까지 아마 10여 초밖에 걸리지 않았을 것이다.

하지만 나와 토노는 솟아오른 거대한 연기 탑이 바람에 완전히 풀려 사라질 때까지 말 한마디 없이 꼼짝 않고 서서 하늘을 올려다보았다. 이윽고 새와 벌레와 바람 소리가 서서히 돌아왔고, 정신을 차려보니 이미 저녁 해는 지평선 너머로 가라앉은 뒤였다. 하늘의 푸른빛은 위에서부터 점점 농도가 진해졌고 별이 조금씩 반짝이기 시작했으며 살갗에 느껴지는 온도가 아주 약간 내려갔다. 그리고 나는 불현듯 분명하게 깨달았다.

우리는 같은 하늘을 보면서도 각자 다른 것을 보고 있다는 것을. 토노는 나를 보고 있지 않다는 것을.

토노는 상냥하지만. 굉장히 상냥하고 항상 내 옆에서 함께 걸어주지만, 토노는 항상 내 너머, 아주 먼 곳의 무언가를 보고 있다. 내가 토노에게 바라는 일은 분명 이루어지지 않으리라.

마치 초능력자처럼 지금은 분명하게 알 수 있었다. 우리는 앞으로 쭉 같이 있을 수 없다는 것을.

집에 가는 길, 밤하늘에 둥그렇게 걸려 있는 달이 바람에 흘러가는 구름을 대낮처럼 환한 청백색 빛으로 비추고 있다. 아스팔트에는 나와 그, 두 개의 그림자가 까맣게 드리워져 있다. 고개를 드니 전선이 보름달 한가운데를 가로지르고 있다. 그것을 보고 나는 왠지 꼭 오늘 같다는 생각을 했다. 파도를 타지 못하는 나와 탄 후의 나. 토노의 마음을 알기 전의 나와 알게 된 후의 나. 나의 세상에서 이제 어제와 내일은 결코 같지가 않다. 나는 내일부터는 지금까지와는 다른 세상에서 살아가리라. 그럼에도.

그럼에도, 하고 나는 생각했다. 불을 끈 방에서 이불을 둘둘 말고서. 어둠 속에서 방 안을 비추는 물웅덩이 같은 달빛을 보면서. 다시 넘치기 시작한 눈물에 달빛이 점차 흐릿해진다. 눈물은 끝도 없이 계속 흘러넘쳤고 나는 소리 내어 울기 시작했다. 눈물 콧물 펑펑 쏟으면서, 더는 참지 않고 마음껏 큰 소리로.

그럼에도.

그럼에도, 내일도 모레도 글피도 나는 토노를 좋아할 것이다. 역시 어찌할 수 없을 만큼 토노가 좋다. 토노, 토노, 토노. 나는 너를 좋아해.

나는 토노만을 생각하며 울면서 잠들었다.

5 Centimeters
per Second

1

　그날 밤, 그녀는 꿈을 꾸었다.

　아주 오래전의 꿈. 그녀도 그도 아직 어린아이였다. 소리도 없이 눈이 내리는 조용한 밤. 그곳은 온통 눈으로 덮인 드넓은 벌판으로 인가의 불빛도 멀리서 드문드문 보일 뿐, 소복소복 쌓여가는 깨끗한 눈 위에는 두 사람이 걸어온 발자국밖에 없었다.

　그곳에는 커다란 벚나무가 딱 한 그루 서 있었다. 나무는 주위를 덮은 어둠보다 더욱 짙고 어두워서 허공에 뜬금없이 뻥 뚫려 있는 깊은 구멍처럼 보였다. 두 사람은 그 앞에 우두커니 섰다. 한없이 까만 나무 기둥과 가지와 그 사이로 천천히 떨어져 내리는 눈송이를 바라보면서 그녀는 앞으로의 인생을 상상했다.

지금 옆에 있는, 지금까지 자신에게 힘이 되어주었던 좋아하는 남학생이 멀리 가버리리란 것을 그녀는 충분히 각오했고 이해도 했다. 몇 주 전 그에게서 전학 이야기가 담긴 편지를 받았을 때부터 그것이 무슨 뜻인지를 그녀는 고민하고 또 고민했다. 그럼에도.

그럼에도 곁에 서 있는 그의 어깨를, 그 다정한 기척을 잃게 되리라고 생각하자 마치 바닥을 알 수 없는 어둠을 엿본 양 불안과 쓸쓸함에 휩싸였다. 벌써 오래전에 이미 지나가버린 감정이었을 텐데. 그녀는 꿈속에서 생각했다. 하지만 그것은 지금 막 느낀 감정처럼 선명하게 여기 존재했다. 그래서 그녀는 생각했다. ……이 눈이 벚꽃이면 좋을 텐데.

지금이 봄이라면 좋을 텐데. 우리는 함께 무사히 그 겨울을 지나 봄을 맞이했고, 같은 마을에서 살며, 평소처럼 집에 가는 길에 이렇듯 벚꽃을 보고 있는 거라면. 지금이 그런 시간이라면 좋을 텐데.

어느 날 밤, 그는 방에서 책을 읽고 있었다.

날짜가 바뀔 때쯤 잠자리에 들었지만 도무지 잠이 오지를 않았다. 그래서 잠자기를 포기하고 바닥에 쌓여 있는 책 중에서 적당한 것을 한 권 뽑아 캔 맥주를 마시며 읽는 중이다.

춥고 조용한 밤이었다. 텔레비전을 켜고 심야 프로그램에서 방송하는 외국 영화를 배경 음악 삼아 작은 소리로 틀어놓았다. 반쯤 열린 커튼 너머로 셀 수 없이 많은 거리의 불빛과 소복소복 내리는 눈이 보였다. 그날 오후쯤부터 시작된 눈은 때때로 비로 변했다가 눈으로 변했다가 했는데, 해가 진 이후부터는 점점 눈송이가 커지더니 곧 본격적으로 눈이 내렸다.

그는 독서에 집중할 수 없을 것 같아서 텔레비전을 껐다. 그랬더니 이번에는 지나치게 조용했다. 전철도 끊겼고 차 소리나 바람 소리도 들리지 않아서 벽 뒤편 바깥세상에서 내리는 눈의 기척을 또렷하게 느낄 수 있었다.

문득 뭔가 따스한 것에 보호받고 있는 것 같은, 어쩐지 그리운 감각이 되살아났다. 왜 그렇게 느꼈을까 곰곰이 생각해보다가 오래전 어느 겨울에 보았던 벚나무가 생각났다.

……그것이 몇 년 전이었더라? 중학교 1학년 끝쯤이었으니까 벌써 15년도 더 전이다.

졸음은 전혀 찾아올 기미가 없었고, 그는 한숨을 내쉬며 책을 덮고 캔 바닥에 남은 맥주를 단번에 쭉 들이켰다.

3주 전에 5년 가까이 다닌 회사를 그만두었는데, 다음 일자리를 찾지 못해 매일 하는 일도 없이 멍하니 보내고 있다. 그런데도 마음은 최근 몇 년 중에서 가장 평온하고 잔잔하다.

'……대체 내가 왜 이럴까?'

그는 속으로 중얼거리면서 고타쓰(炬燵)에서 일어나 벽에 걸려 있는 코트를 걸치고(그 옆에는 아직도 양복 정장이 그대로 걸려 있다), 현관에서 신발을 신은 후 비닐우산을 들고 바깥으로 나왔다. 그리고 우산에 쌓이는 조용한 눈 소리를 들으면서 근처 편의점까지 5분가량 천천히 걸었다.

그는 우유와 나물을 담은 바구니를 발밑에 내려놓고 잡지 판매대 앞에서 잠시 망설이다 월간「사이언스」를 뽑아 들고 휘휘 넘겼다. 고등학교 때 열심히 읽었던 잡지인데 오랜만에 다시 손에 들어본다. 자꾸만 녹아가는 남극의 얼음에 관한 기사, 은하 간 중력 간섭에 관한 기사, 새로운 소립자가 발견되었다는 기사, 나노 입자와 자연환경의 상호 작용에 관한 기사 등이 실려 있었다. 세상이 지금도 발견과 모험으로 가득하다는 사실에 그는 가벼운 놀라움을 느끼면서 기사를 눈으로 훑었다.

문득 아주 오래전에도 이런 기분에 빠진 적이 있었던 것 같은 기시감이 들었다. 숨을 한 번 내쉰 후 '아, 음악 때문이구나' 하고 깨달았다.

편의점 안에 틀어놓은 유선 방송에서 옛날에, 아마도 그가 중학생이었을 때쯤에 반복해서 들었던 히트곡이 흐르고 있었다. 그리운 멜로디를 들으면서「사이언스」에 실린 세상의 단편을 눈으로 좇다 보니 아주 오래전에 잊은 줄 알았던 다양한 감정이 가슴을 쓸 듯이 솟구쳐 올랐다. 그것이 지나간 후로도 한

동안 마음 표면에서 잔잔한 파도가 일렁였다.

편의점에서 나온 후에도 가슴속이 여전히 약간은 뜨거웠다. 그곳이 바로 심장이 있는 곳임을 아주 오랜만에 느낀 기분이다.

하늘에서 쉴 새 없이 내리는 눈을 보면서, 그는 그것이 이윽고 벚꽃으로 변할 계절을 머릿속으로 그려보았다.

2

토노 타카키는 다네가시마에서 고등학교를 졸업한 후 대학 진학을 위해 도쿄로 왔다. 통학하기 편하게 이케부쿠로역에서 걸어서 30분 정도 걸리는 곳에 작은 연립 주택을 빌렸다. 그는 여덟 살 때부터 열세 살 때까지 도쿄에서 살았지만, 당시 집이 있던 세타가야구 근방밖에는 기억이 없기에 도쿄 다른 지역은 거의 모르는 것이나 다름없었다. 도쿄 사람들은 그가 사춘기를 보낸 작은 섬에 사는 사람들에 비해 예의가 없고 무관심하며 말투도 거친 것처럼 느껴졌다. 사람들은 아무렇지도 않게 길바닥에 침을 뱉었고 길가에는 담배꽁초나 쓰레기들이 수도 없이 떨어져 있었다. 어째서 길에 페트병이나 잡지, 편의점 도시락 포장 용기가 버려져 있어야 하는지 그는 이해할 수 없었다. 그의 기억 속 도쿄는 좀 더 온화하고 품위 있는 도시였던 것 같은데.

하지만 뭐, 상관없다.

'어쨌거나 이제부터 여기서 살아가는 거야' 하고 그는 생각했다. 두 번의 전학을 경험한 그는 새로운 장소에 스스로를 융화시키는 방법을 터득했다. 게다가 이미 그는 무력한 어린아이가 아니다. 오래전 아버지의 전근 때문에 나가노에서 도쿄로 왔을 때 몹시도 불안했던 그 마음을 지금도 똑똑히 기억하고 있다. 부모님 손에 이끌려 오미야에서 신주쿠로 가는 전철 안에서 본 바깥 경치는 그 전까지 익숙하게 보아왔던 산간 풍경과 완전히 달랐다. 그가 살 곳이 아닌 것만 같았다. 하지만 몇 년 후 도쿄에서 다네가시마로 전학 갔을 때도 어떤 장소에 거절당하는 듯한 그 느낌을 또다시 받았다. 헬기로 섬에 있는 작은 공항에 내려선 후 아버지가 운전하는 차 안에서 밭과 초원과 전봇대밖에 없는 길을 보았을 때, 그가 느낀 것은 도쿄에 대한 강렬한 향수였다.

결국 어디든 마찬가지다. 게다가 이번에야말로 나는 내 의지로 여기에 와 있다. 아직 풀지 않은 이삿짐 박스들이 쌓여 있는 작은 방에서 창밖으로 펼쳐지는 도쿄의 거리 풍경을 바라보면서 그는 그렇게 생각했다.

대학 생활 4년에 대해서는 할 말이 별로 없다. 이학부 수업은 바쁘고 상당한 시간을 공부에 할애해야 했다. 그렇지만 필요한 시간 이외에는 학교에 가기보다 아르바이트를 하거나 혼자 영화를 보거나 거리를 돌아다니면서 시간을 보냈다. 학교에 가려고 집에서 나왔다가도 상황이 허락되면 가끔 학교를 빠지고 이케부쿠로역 가는 길에 있는 작은 공원에서 책을 읽었다. 처음에는 공원을 가로지르는 다양하고 많은 사람들 때문에 현기증이 일었지만 곧 거기에도 익숙해졌다. 학교와 아르바이트하는 곳에서 친구도 몇 명 사귀었다. 대부분은 시간이 흐르면서 저절로 교류가 끊겼지만 몇 사람과는 보다 친밀한 우정을 쌓을 수 있었다. 자신의 집이나 친구 집에서 두세 명이 모여 싸구려 술을 마시고 담배를 피우면서 밤새도록 많은 이야기를 나누었다. 4년의 시간이 흐르면서 몇 가지 가치관은 천천히 변화했고 몇 가지 가치관은 더 확고해졌다.

대학교 1학년 가을에 여자 친구가 생겼다. 아르바이트하다가 만난, 요코하마에서 부모님과 함께 사는 동갑내기 여학생이었다.

그 무렵 그는 대학 생활 협동조합에서 점심 도시락을 파는 아르바이트를 하고 있었다. 가능한 한 학교 밖에서 아르바이트를 찾고 싶었지만 수업이 빡빡했기에 점심시간 동안 얼마 안 되는 푼돈이라도 벌 수 있는 생협 아르바이트가 그의 사정에는 딱 맞았다. 두 번째 수업이 12시 10분에 끝나면 곧바로 학생 식당으로 달려가 창고에서 도시락이 든 카트를 꺼내어 생협으로 옮겼다. 아르바이트생은 그를 포함해 두 명이었고 100개쯤 되는 도시락은 대개 30분 정도면 다 팔렸다. 그러면 세 번째 수업이 시작하기까지 15분 정도 시간이 남기에 아르바이트생끼리 학생 식당 구석에 앉아 허겁지겁 점심을 먹었다. 그런 일을 3개월가량 했다. 그때 같이 일했던 아르바이트생이 그녀다.

그녀는 그가 처음으로 사귄 여성이었다. 그는 그녀에게서 정말 많은 것을 배웠다. 그녀와 함께 보낸 나날에는 지금까지 결코 몰랐던 기쁨과 괴로움이 있었다. 첫 경험도 그녀였다. 인간이란 이렇게나 많은 감정을 안고서 살아가고 있구나 하는 것을 깨달았다. 스스로 조절할 수 있는 감정과 조절할 수 없는 감정이 있는데 스스로 조절할 수 없는 감정 쪽이 훨씬 많았고, 질투도 애정도 결코 그의 의지대로 움직여주지 않았다.

그녀와의 교제는 1년 반 정도 이어졌다. 다른 남자가 그녀에게 고백을 했고, 그것이 헤어지게 된 계기였다.

"나는 토노를 지금도 정말 좋아하지만, 토노는 나를 그 정도로 좋아하지 않는 것 같아. 그것을 아니까 이제는 힘든 거야."

그녀는 그렇게 말하면서 그의 팔 안에서 울었다. 그렇지 않다고 말하고 싶었지만, 그녀가 그렇게 느끼도록 만든 자신에게 책임이 있다는 생각도 들었다. 그래서 관두었다. 정말로 마음이 아플 때는 몸도 많이 아프다는 사실을 처음으로 알게 되었다.

그가 지금까지도 확실하게 기억하는 그녀의 모습은 아직 서로 사귀기 전, 도시락을 다 팔고 학생 식당에 같이 앉아 허겁지겁 점심을 먹던 때의 모습이다. 그는 언제나 생협에서 제공해주는 도시락을 먹었지만 그녀는 항상 작은 도시락을 직접 싸왔다. 아르바이트할 때 두르는 앞치마를 그대로 입고서 굉장히 신중하게 마지막 밥알 한 알까지 꼭꼭 씹어 먹었다. 그가 먹는 도시락의 반밖에 되지 않는 양인데도 언제나 그보다 늦게까지 먹었다. 그 점을 놀리면 그녀는 새침하게 말하곤 했다.

"토노야말로 좀 더 천천히 먹어. 아깝잖아."

그것이 함께 보내는 시간을 가리키는 말임을 알아차린 것은 한참 나중의 일이었다.

다음으로 사귀게 된 여자 역시 아르바이트를 하다가 만났다. 대학교 3학년 무렵, 그는 학원 강사 보조 아르바이트를 했다. 1주일에 4일, 학교 수업이 끝나면 허겁지겁 이케부쿠로역으로 가서 야마노테선으로 다카다노바바까지 간 다음 도자이선으로 갈아타고 학원이 있는 가구라자카에 갔다. 그곳은 수학 강사가 한 명, 영어 강사가 한 명 있는 작은 학원이었다. 보조 아르바이트생이 그를 포함해서 다섯 명이었고, 그는 수학 강사의 보조였다. 수학 강사는 30대 중반밖에 안 된 호감 가는 인상의 젊은 남자였는데, 유부남이었으며 도심에 집을 가지고 있고 성격도 좋았다. 업무 면에서는 굉장히 엄격하기도 했지만 확실히 인기가 이해될 만큼 능력 있고 매력도 넘쳤다. 그 강사는 대학 입시에만 초점을 맞추어서 학생들에게 효율적으로 지식을 주입함과 동시에 가끔 그 너머에 있는 순수 수학의 의미와 매력을 교묘하게 수업에 끼워 넣었다. 심지어 그는 그 강의 보조 아르바이트를 하면서 대학에서 배운 해석학의 이해가 더욱 깊어진다고 느끼기도 했다. 무슨 이유에서인지 강사도 그를 마음에 들어 해서, 학생 보조 가운데 그에게만 명부 관리나 채점 같은 잡무 대신 교재 초안을 작성하거나 입시 문제 경향을 분석하는 것 같은 핵심 업무를 많이 맡겼다. 그도 능력이 닿는 한 성실하게 일했다. 일하는 보람도 있고 급료도 나쁘지 않았다.

그 여성은 학생 보조 중 한 명으로 와세다대학교 학생이었다. 그리고 그의 주위에 있는 여자들 가운데서 특히나 아름다웠다. 머리카락이 길고 아름다웠으며, 눈은 놀랄 만큼 커다랬고, 키는 그리 크지 않지만 몸매가 굉장히 좋았다. 여자로서라기보다 동물로서 아름답다고 그는 생각했다. 날쌘 사슴이나 하늘 높이 나는 새처럼.

당연히 그녀는 인기가 많았다. 학생, 강사, 아르바이트생 할 것 없이 기회만 생겼다 하면 그녀에게 접근했다. 그렇지만 그는 처음부터 왠지 모르게 그녀를 멀리했다(그녀는 보기에는 좋았지만 직접 말을 걸기에는 너무 비현실적으로 아름다웠다). 그래서였는지 그는 곧 그녀의 어떤 경향을, 극단적으로 표현하자면 그녀의 비뚤어진 면 같은 것을 알아챘다.

그녀는 누군가가 말을 걸면 정말 매력적인 미소를 지으며 응해주었지만 필요할 때 외에는 결코 자기가 먼저 남에게 말을 걸지 않았다. 주위 사람들은 그녀의 그 고독한 태도를 전혀 눈치채지 못했다. 눈치채기는커녕 심지어는 굉장히 싹싹한 사람이라고 생각하는 듯했다.

'미인인데 잘난 척하지 않고 겸손하고 싹싹한 사람'이라는 그녀에 대한 세간의 평판이 그는 신기했다. 그렇다고 해서 그것을 정정하고 다닐 마음도 없었고, 그 태도나 착각의 이유를 알고 싶다는 생각도 딱히 하지 않았다. 그녀가 남들과 교류하고 싶지 않은 거라면 그렇게 하면 되는 것이다. 그는 세상에는 다양한 사람이 소박한 생각을 가지고 살아가고 있으며, 정도의 차이는 있을지언정 누구라도 비뚤어진 부분이 있다고 여겼다. 또한 귀찮은 일에 별로 끼어들고 싶지 않다는 생각도 있었다.

하지만 그날, 그는 그녀에게 말을 걸 수밖에 없었다. 12월,

크리스마스 직전 어느 추운 날이었다. 그날은 수학 강사가 급한 일이 있다면서 퇴근해버려서 그녀와 단둘이 학원에 남아 수업 교재를 준비해야 했다. 그녀의 상태가 이상하다는 것을 깨달은 것은 둘이 있은 지 한 시간가량 지났을 때였다. 집중해서 문제를 제출하고 있던 그는 문득 기묘한 기척을 느끼고 고개를 들었다. 그러자 맞은편에 앉은 그녀가 고개를 숙인 채로 몸을 바들바들 떨고 있는 것이 보였다. 커다랗게 뜬 눈은 손에 든 종이를 향하고 있었지만 그것을 보고 있지 않는 것이 분명했다. 이마가 땀에 흠뻑 젖어 있다. 놀라서 말을 걸어보았지만 대답이 없었다. 그는 자리에서 일어나 그녀에게 다가가 어깨를 흔들었다.

"사카구치! 왜 그래? 괜찮아?"

"……약."

"뭐?"

"약…… 먹게 마실 것 좀."

그녀는 기묘하게 평탄한 목소리로 말했다. 그는 허겁지겁 밖으로 나가 학원 복도에 설치되어 있는 자판기에서 차를 뽑아 와 캔 뚜껑을 딴 다음 그녀에게 내밀었다. 그녀는 떨리는 손으로 발밑에 둔 가방에서 알약을 꺼내더니 "세 개" 하고 말했다. 그는 노란색 작은 알약 세 개를 꺼내 그녀의 입에 넣어주고 차를 마시게 했다. 손가락 끝에 닿은 그녀의 매끄러운 입술이 놀랄 만큼 뜨거웠다.

그와 그녀가 사귄 것은 3개월 정도의 짧은 시간이었다. 그럼
에도 그녀는 그에게 결코 잊을 수 없는 깊은 상처를 남겼다. 그
리고 분명 그녀에게도 그 상처가 남았을 거라고 그는 생각한
다. 그렇게나 급격하게 누군가를 좋아하게 되어버린 일도, 같
은 상대를 그렇게나 깊이 증오하게 되어버린 일도 모두 처음
이었다. 서로 어떻게 하면 더 사랑받을 수 있을지만을 필사적
으로 생각했던 것이 두 달, 어떻게 하면 상대에게 결정적인 상
처를 줄 수 있을지만을 생각했던 것이 한 달이었다. 믿을 수 없
을 만큼 행복하고 황홀했던 나날 뒤로 누구에게도 의논할 수
없을 만큼 끔찍한 나날이 이어졌다. 결코 해서는 안 될 말을 서
로에게 내뱉었다.

……하지만, 하고 그는 생각했다. 신기하게도, 기억 속에 가
장 깊이 남아 있는 그녀의 모습은 역시나 아직 두 사람이 사귀
기 전인 12월 그날의 모습이었다.

그 겨울날, 약을 먹고 얼마가 지나자 그녀의 얼굴에는 눈에
띄게 생기가 되돌아왔다. 그는 숨을 삼키며 굉장히 신기하고
귀한 현상을 지켜보듯 그 모습을 바라보았다. 마치 누구도 보
지 못한 세상에 단 한 송이뿐인 꽃이 피어나는 광경을 보고 있
는 심정이었다. 아주 오래전에, 이 순간과 마찬가지로 세상의

비밀스러운 순간을 목격한 적이 있었던 것 같은 느낌이 들었다. '이런 존재'를 두 번 다시 잃어서는 안 된다고 결심했다. 그녀가 수학 강사와 사귀고 있다는 사실은 전혀 상관이 없었다.

/////

대학교 4학년 여름, 그는 뒤늦게 취업 활동을 시작했다. 그녀와는 3월에 헤어졌는데 사람들 앞에 나설 마음이 들기까지 그만큼 많은 시간이 필요했다. 친절한 지도 교수가 열심히 거들어준 덕분에 가을에는 어찌어찌 취직이 결정되었다. 그것이 정말로 자신이 하고 싶은 일이고 해야 하는 일인지는 도무지 알 수 없었지만, 그래도 직장은 필요했다. 연구자로서 대학에 남기보다 다른 세상을 눈에 담아보고 싶었다. 같은 장소에 머무는 것은 이미 충분했기 때문이다.

대학 졸업식을 마치고 박스에 짐을 넣어두어 휑한 방으로 돌아왔다. 동쪽으로 난 부엌의 작은 창문 너머로 낡은 목조 건물들이 보였고, 그 뒤로는 저녁 해에 물든 선샤인 빌딩이 우뚝 서 있었다. 남쪽으로 난 창문으로는 주상 복합 빌딩들 사이로 신주쿠의 고층 빌딩들이 보였다. 200미터가 넘는 그 건축물들은 시간대나 날씨에 따라 다양한 표정을 보여주었다. 고층 빌딩들은 해가 걸쳐지는 산봉우리처럼 첫 아침 햇살을 제일 먼저 반사하여 눈부시게 빛났고, 비 오는 날에는 거칠어진 바다에서 저 멀리 보이는 해안가 절벽처럼 대기 속에 흐릿하게 모습을 드러냈다. 그런 경치를 그는 4년 동안 온갖 상념과 함께 바라보았다.

창밖에는 이윽고 어둠이 내려앉았고 거리에는 환한 불빛이 자랑스럽게 빛나기 시작했다. 그는 박스 위에 둔 재떨이를 끌어당기고 주머니에서 담배를 꺼내 라이터로 불을 붙였다. 다다미에 양반다리를 하고 앉아 연기를 후우 내뿜으면서 두꺼운 대기를 뚫고 반짝반짝 깜박이는 무수한 빛을 바라보았다.

그리고 생각했다. 나는 이 거리에서 살아가는 것이다.

3

그는 미타카에 있는 중견 소프트웨어 개발 기업에 취직했다. SE라 불리는 직종이었다. 모바일 솔루션이라는 작은 팀으로 배속된 그는 통신사나 단말기 제조업체를 주요 고객으로 하여 휴대 전화를 비롯한 휴대용 정보 단말기의 소프트웨어 개발을 담당했다.

그는 직장을 다녀보고서야 프로그래머라는 직업이 자신의 적성에 굉장히 잘 맞는다는 사실을 알게 되었다. 고독하고 인내와 집중력을 필요로 하는 일이었지만 노력한 만큼 보상을 받았다. 가끔가다 코드가 생각처럼 작동하지 않는 때가 있었는데, 그런 때는 언제나 자기 자신에게 원인이 있었다. 사색과 성찰을 거듭 반복해가며 확실하게 작동하는 무언가, 즉 몇 천 줄에 달하는 코드를 만들어내는 작업은 그에게 지금껏 몰랐던 기쁨을 안겨주었다. 일이 바빠서 거의 예외 없이 한밤중에 퇴근하고 한 달에 겨우 닷새를 쉴까 말까 했지만, 그럼에도 컴퓨터 앞에 몇 시간씩 앉아 있는 게 질리지 않았다. 백색을 바탕으로 한 청결한 사무실 안, 칸막이로 구분된 자신만의 공간에서 그는 날이면 날마다 키보드를 두드렸다.

이 직종에서는 보통 그러는지 아니면 그가 취직한 회사만 우연히 그런 것인지 모르겠지만, 사원들끼리도 업무 이외의 교류가 거의 없었다. 어느 팀에서도 일 끝나고 한잔하러 가는 일이 없었고, 점심은 각자 자기 자리에서 편의점 도시락을 먹었다. 또한 출퇴근 시에 서로 인사조차 나누지 않았으며, 회의 시간은 최소한으로 하고, 필요한 대화는 거의 사내 메일을 사용했다. 넓은 사무실에는 항상 딸깍딸깍 키보드 치는 소리만이 가득했고 한 층에 분명 백 명 넘는 사람이 있음에도 인기척이 별로 없었다. 맨 처음에는 대학에서 쌓은 인간관계와 너무도 달라서 당황스러웠다. 그 당시 인간관계는 요컨대 거리낌 없는 수다를 늘 했고 별 이유가 없어도 다 같이 종종 술을 마시곤 했었다. 하지만 그 조용한 환경에도 금세 익숙해졌다. 사실 그는 원래 말수가 많은 편이 아니었다.

일이 끝나면 그는 미타카역에서 막차 바로 전의 추오선 열차에 올라탄 후 신주쿠에서 내려 나카노사카우에에 있는 작은 아파트로 돌아왔다. 견딜 수 없이 피곤할 때는 택시를 탔지만,

30분쯤 걸리는 거리여서 대개는 걸어 다녔다. 그곳은 대학 졸업 후에 이사 온 집이었다. 회사가 있는 미타카 쪽이 집세는 쌌지만 회사랑 너무 가깝다는 점 때문에 꺼려졌다. 무엇보다 이케부쿠로 연립 주택 창밖으로 조그맣게 보이던 신주쿠의 고층 빌딩들을, 그 전망을, 더 가까이에서 보고 싶다는 마음이 강했다.

그래서일지도 모르겠다. 그가 하루 중 가장 좋아하는 시간은 전철에서 오기쿠보 근방을 지날 무렵 창문 너머로 신주쿠의 고층 빌딩이 점차 가까이 다가오는 모습을 구경할 때였다. 도쿄행 막차는 드문드문 빈자리가 있을 정도로 한산했고 양복 정장을 걸친 몸에는 하루 동안 쌓인 노동의 피로와 충실감이 기분 좋게 차 있었다. 주상 복합 빌딩 너머로 조그맣게 보였다 사라지는 고층 빌딩을 물끄러미 보다 보면, 덜컹거리는 전철 진동과 함께 얼마 후 그것은 눈앞에 뚜렷한 존재감으로 불쑥 나타난다. 도쿄의 밤하늘은 언제나 기묘하게 밝고 하늘을 등진 빌딩의 실루엣은 새까맣다. 창에는 이런 시간에도 일하는 사람이 있다는 것을 의미하는 노란 불빛이 아름답게 밝혀져 있다. 빨갛게 점멸하는 항공 장애등은 마치 호흡을 하는 것만 같다. 그 풍경을 바라보며 그는 생각할 수 있었다. 자신은 지금도 멀고 아름다운 무언가를 향해서 걸어가고 있는 거라고. 그런 때는 가슴속 깊은 곳이 약간 떨렸다.

다시 아침이 오고 그는 회사로 향한다. 사옥 입구에 있는 자판기에서 캔 커피를 하나 사고 출근 카드를 찍은 다음 자리에 앉아 컴퓨터 전원을 켠다. OS가 기동되는 동안 캔 커피를 마시면서 오늘 작업 계획을 확인한다. 마우스를 움직여 필요한 프로그램 몇 개를 켜고 손가락을 키보드 위에 올려놓는다. 목표에 도달하기 위한 알고리즘 몇 개를 고안하고, 검토하고, API를 구성하고, 프러시저를 짠다. 마우스 커서도, 에디터 캐럿도 그의 육체에 빈틈없이 찰싹 달라붙어 있다. API 이전의 OS, 그이전의 미들웨어, 그리고 그 앞에 있을 터인 실리콘 덩어리 하드웨어의 작동에 대해서, 비현실적인 전자의 움직임에 대해서 상상한다.

그러한 프로그램에 숙련되어갈수록 그는 컴퓨터 자체에도 경외심을 품게 되었다. 모든 반도체 기술의 기반이 되는 양자론에 대해 막연한 지식은 있었지만, 직업으로서 일상적으로 컴퓨터를 접하고 그것을 작동시키는 데 익숙해질수록 손안에 쥐어진 그 도구의 경이로운 복잡함과 그것을 가능케 한 인간의 업적에 대해 새삼 생각해보게 되었다. 그것은 거의 신비에 가까운 일이라고 그는 생각했다. 우주를 기술하기 위해 태어난 상대성 이론이 있고, 나노 스케일의 움직임을 기술하는 양자론이 있다. 그것들이 다음에 올 대통일 이론이나 초끈 이론에 언젠가 통합될지도 모른다는 생각을 하자, 컴퓨터를 다룬다는 일 자체가 세상의 어떤 비밀과 접하는 행위인 양 느껴졌다. 그리고 그 세상의 비밀에는 벌써 오래전에 지나가버린 꿈이나 마음, 좋아했던 장소나 방과 후 들었던 음악, 특별한 소녀와 나누었던 이룰 수 없는 약속 같은 것들과 연결된 통로가 숨겨져 있을 것 같은, 분명한 이유는 없어도 어쩐지 그런 기분이 들었다. 그래서 소중한 어떤 것을 되찾기 위한 일종의 절실함을 가지고서 그는 일에 점점 깊이 몰두했다. 마치 악기와 깊은 대화를 나누는 고독한 연주자처럼 그는 키보드를 계속 조용히 두드렸다.

그런 식으로 사회에 나온 이후 몇 년이 눈 깜짝할 사이에 지나갔다.

처음에는 그 시간들이 오랜만에 찾아온 수확의 나날인 것 같았다. 프로그래밍 기술이 늘수록 중학교 때 자신의 몸이 어른으로 계속 변화해가던 그 자랑스러운 감각이, 근육이나 체력이 날마다 좋아지고 병약했던 어린 몸이 새롭게 변해가던 그 그리운 감각이 떠올랐다. 주위의 신뢰가 서서히 커졌고 그에 따라 수입도 올라갔다. 그는 계절별로 회사에 입고 갈 새 양복 정장을 샀고, 휴일에는 홀로 방 청소를 하거나 책을 읽으면서 보냈으며, 반년에 한 번 정도는 옛 친구들을 만나 술을 마셨다. 친구는 이제 늘지도 줄지도 않았다.

매일 아침 8시 반에 집에서 나와 새벽 1시가 지나서야 집으로 돌아왔다.

그런 나날을 계속 반복했다. 전철 창밖으로 보이는 신주쿠 고층 빌딩은 어떤 계절, 어떤 날씨에 봐도 한숨이 나올 만큼 아름다웠다. 아니, 시간이 흐를수록 그 전망은 더욱 눈부셔졌다.

가끔 그 아름다움이 자신에게 뭔가를 들이대고 있는 것 같다는 느낌을 받았다. 하지만 그것이 무엇인지는 알 수 없었다.

///// ·

오랜만에 파란 하늘이 보이는 장마철 일요일 오후, 신주쿠역 승강장에서 "토노 씨" 하고 누군가 부르는 소리가 들렸다.

그를 부른 것은 챙이 넓은 베이지색 모자를 쓰고 안경을 쓴 젊은 여성이었다. 순간적으로 누군지 알아보지 못했지만 이지적인 분위기가 어째 낯이 익은 것 같았다. 대답을 못 하고 있으니 "○○시스템에 다니시죠?" 하고 회사 이름을 말해주었고, 그제야 기억이 났다.

"아, 요시무라 씨 부서의……."

"미즈노예요. 기억해주셔서 다행이에요."

"죄송합니다. 전에 뵀을 때는 정장을 입고 계셔서……."

"하긴 오늘은 모자까지 쓰고 있으니까요. 저는 토노 씨 금방 알아봤어요. 사복 입으시니까 꼭 학생 같아요."

학생? 나쁜 뜻은 아닐 거라고 생각했다. 어쩌다 보니 같이 계단을 향해 걸어가게 되었다. 그렇게 말하는 그녀야말로 아직 대학생처럼 보였다. 갈색 웨지 샌들 밖으로 나와 있는 발톱에는 연분홍색 페디큐어가 은은히 빛나고 있다. 이름이 뭐라고 했더라……, 맞다, 미즈노 씨. 지난달에 납품하러 거래처를 방문했을 때 그쪽 담당자의 부하 직원이 그녀였다. 그래서 두 번 정도 만난 적이 있다. 명함 교환 정도밖에 하지 않았지만 꽤 성실해 보이는 사람이라고 생각했던 것과 맑은 음성이 인상에 남아 있다.

그렇다, 확실히 미즈노 리사라는 이름이었다. 명함 위의 글자와 본인의 인상이 들어맞는다고 생각했던 기억이 난다. 승강장에서 계단으로 내려와 역 통로에서 무심히 오른쪽으로 꺾어 걸으며 그가 물었다.

"미즈노 씨도 동쪽 출구로 나가십니까?"

"음……, 네! 어디든 상관없어요."

"어디든?"

"사실은 딱히 할 일이 없거든요. 비도 그쳤겠다 날씨도 좋겠다, 쇼핑이나 할까 싶어서요."

그녀는 웃으며 말했다. 그도 덩달아 웃었다.

"저도 마찬가지입니다. 그럼 괜찮으시면 잠시 차라도 한잔 어떠신가요?"

그가 그렇게 말하자 미즈노는 환한 미소를 지으며 "좋죠" 하고 대답했다.

두 사람은 동쪽 출구 근처 지하에 있는 작은 카페로 향했다. 그곳에서 커피를 마시며 두 시간 정도 이야기를 나누다가 연락처를 교환하고 헤어졌다.

혼자 남아 서점 책장 사이를 걷던 그는 목이 살짝 칼칼하니 피곤하다는 느낌이 들었다. 그러고 보니 이런 식으로 누군가와 목적도 없이 오랫동안 대화해본 것은 오랜만이었다. 거의 처음 만난 사람이나 다름없는데 용케 두 시간이나 질리지도 않고 이야기를 나누었다는 것을 새삼 깨달았다. 업무상 프로젝트가 이미 끝나서 마음이 풀어진 면도 있었을지 모르겠다. 서로의 회사에 도는 소문이며, 지금 사는 동네 이야기며, 학창 시절 이야기……. 특별한 이야기는 아무것도 없었지만 그녀와 나누는 대화는 죽이 척척 맞아서 기분 좋았다. 오랜만에 가슴속이 훈훈해진 느낌이다.

그로부터 1주일 후, 그녀에게 저녁을 함께 먹자는 문자를 보냈다. 야근을 얼른 해치워버리고 기치조지에서 만나 함께 식사를 한 후 밤 10시가 지나서 헤어졌다. 그다음 주에는 그녀가 먼저 식사를 하자고 청했고, 그다음 주에는 또 그가 청해서 휴일에 만나 영화를 보고 함께 식사를 했다. 그런 식으로 예의 바르고 신중하게 두 사람은 서서히 관계를 쌓아나갔다.

미즈노 리사는 만날수록 느낌이 좋아지는 여성이었다. 안경과 긴 검은 머리 때문에 처음에는 수수해 보였지만 자세히 보니 이목구비가 굉장히 단정했다. 노출이 별로 없는 복장도, 말수가 적은 점도, 어딘지 모르게 부끄러워하는 것 같은 몸짓도, 꼭 '예쁘게 보이고 싶지 않다'고 생각하는 것 같았다. 나이는 그보다 두 살 어렸고 성격은 성실하고 솔직했다. 목소리를 높이는 일이 결코 없으며 느릿하고 기분 좋은 리듬으로 말했다. 같이 있으면 긴장이 풀렸다.

그녀의 아파트는 니시코쿠분지였고 회사도 추오선 전철 라인에 있었기 때문에 데이트도 항상 추오선 중심이었다. 전철 안에서 때때로 부딪히는 어깨나 음식을 나눌 때의 몸짓이나 나란히 걸어갈 때 보조를 맞추는 걸음걸이에서 그녀의 호의가 확연히 느껴졌다. 한쪽이 먼저 한 걸음 다가서면 다른 한쪽도 분명 거부하지 않으리란 것을 이미 서로 알고 있었다. 그럼에도 그는 과연 그렇게 해야 할지 판단이 서지를 않았다.

기치조지역에서 반대편 승강장으로 가는 그녀를 배웅하면서 그는 생각했다. 지금까지 나는 다른 사람을 좋아하게 될 때 지나칠 정도로 급하게 빠진 감이 있다. 그러고는 눈 깜짝할 사이에 감성이 다 닳아버려 그 사람을 잃고 마는 것이다. 그런 일을 또 반복하고 싶지는 않았다.

/////

그해 여름의 끝 무렵 어느 비 오는 밤에 그는 자신의 방에서 H2A 로켓 발사가 성공했다는 뉴스를 보았다.

습도가 심하게 높은 날이라 창문을 꼭꼭 닫고 에어컨 온도를 낮추었지만, 그렇게 해도 비가 땅을 때리는 소리나 차들이 젖은 도로 위를 미끄러지는 소리와 함께 축축한 습기가 방 안으로 스멀스멀 스며들어왔다. 낯익은 다네가시마 우주 센터에서 H2A 로켓이 거대한 화염을 뿜으며 상승하는 모습이 텔레비전 화면에 비친다. 장면이 전환되면서 구름 사이로 솟아오르는 H2A를 초망원경으로 포착한 영상이 나왔고, 그다음에는 로켓 본체에 부착한 카메라로 보조 부스터를 내려다보는 화면이 비쳤다. 까마득한 저 아래 구름 틈새로 멀어져가는 다네가시마의 전경이 보인다. 그가 고교 시절을 보낸 동네인 나카타네초와 해안선도 똑똑히 구분할 수 있었다.

한순간 오싹한 한기 같은 것이 그의 몸을 휘감았다.

솔직히 그런 광경을 앞에 두고 무엇을 느껴야만 하는지 그는 알 수가 없었다. 다네가시마는 그에게 고향이 아니다. 부모님은 오래전에 나가노로 전근을 갔고 아마도 그곳에서 정착할 것 같으니 그에게 그 섬은 이미 지나간 장소다. 미지근해지기 시작한 캔 맥주를 한 모금 삼켜 씁쓸한 액체가 목구멍을 지나 위로 들어가는 감촉을 확인한다. 젊은 여성 캐스터가 발사된 위성은 이동 단말기를 위한 통신 위성이라고 아무 감정도 담겨 있지 않은 어조로 설명하고 있다. 그렇다면 이번 발사는 자신의 일과 완전히 무관한 것도 아니다. 하지만 그런 것과는 상관없이 아주 먼 곳으로 실려와버린 듯한 생각이 들었다.

열일곱 살 때 처음으로 로켓이 발사되는 광경을 보았다. 옆에는 교복을 입은 여학생이 있었다. 반은 달랐지만 사이가 좋았다. 아니, 그 여자애가 뜻밖에도 일방적으로 그를 따라다녔다. 스미다 카나에라는 이름의, 서핑을 해서 피부가 까무잡잡하고 성격이 쾌활한 귀여운 소녀였다.

10년 가까운 세월이 감정의 기복을 평탄하게 만들어주긴 했지만 스미다를 생각하면 지금도 아주 조금 가슴이 아프다. 그녀의 키나 땀 냄새, 목소리, 웃거나 우는 얼굴, 그녀의 그런 모든 모습이 그가 사춘기를 보낸 섬의 색깔이며 소리, 냄새와 함께 선명하게 되살아난다. 그것은 후회 비슷한 감정이었지만 그래도 당시에는 역시 그렇게 할 수밖에 없었다는 사실 또한 그는 알고 있다. 스미다가 자신에게 끌린 이유도, 그녀가 고백하려 했던 몇 번의 순간도, 그것을 말하지 못하게 했던 자신의 마음도, 로켓 발사를 보며 한순간 겹쳐졌던 고양감도, 그 후 그녀의 체념도. 모든 것이 선명하게 눈에 보였지만 그럼에도 그때의 자신은 아무것도 할 수 없었다.

대학에 진학하기 위해 도쿄로 올 때 그는 스미다에게만 비행기 시간을 알려주었다. 출발은 쾌청한 3월, 바람이 강한 날이었다. 꼭 여객선 터미널처럼 보이는 작은 공항 주차장에서 두 사람은 마지막으로 짧은 대화를 나누었다. 대화는 자꾸만 끊어졌고 그사이에 스미다는 계속 울었지만, 그래도 마지막 헤어질 때는 웃어주었다. 아마 그때 이미 스미다는 자신보다 훨씬 어른이고 훨씬 강했던 거라고 그는 생각한다.

그는 그때 그녀에게 웃어주었던가? 이제는 잘 기억나지 않는다.

새벽 2시 20분.

내일 출근하려면 이제는 자야 하는 시간이다. 뉴스는 이미 끝났고 어느 틈엔가 홈 쇼핑 방송을 하고 있다.

그는 텔레비전을 끄고 양치를 하고 에어컨 타이머를 한 시간 뒤 꺼지도록 세팅해둔 후 방의 불을 끄고 침대에 들어갔다. 그러다 베갯머리에서 충전 중이던 휴대 전화의 작은 불빛이 깜박거리는 것을 발견하고 문자 메시지가 와 있음을 알았다. 화면을 열자 디스플레이의 하얀 빛 때문에 방 안이 희미하게 밝아진다. 미즈노가 함께 식사하자고 보낸 문자였다. 그는 침대에 누워 한동안 눈을 감았다.

눈꺼풀 안쪽에서 온갖 모양들이 떠오른다. 시신경은 눈꺼풀이 안구를 누르는 압력을 빛으로 인식하기 때문에 인간은 결코 진짜 어둠을 볼 수가 없다고 한다. 그것을 가르쳐준 사람이 누구였더라?

……그러고 보니 그때는 아무한테도 보내지 않을 문자를 휴대 전화로 작성하는 버릇이 있었다. 그는 문득 그것을 기억해냈다. 처음에는 한 소녀에게 보내는 문자였다. 메일 주소도 모르고 어느 틈엔가 편지도 끊겨버린 소녀. 그 소녀에게 편지를 보내지 않게 된 이후에도 그는 가슴속에 다 담을 수 없는 감정이 있을 때면 그것을 그녀에게 전하고자 메시지를 작성했다. 하지만 송신은 하지 않은 채로 그대로 삭제했다. 그것은 그에게 준비 기간 같은 시간이었다. 홀로 세상으로 나가기 위한 도움닫기 비슷한 시간.

하지만 점차로 그 메시지는 누군가에게 보내기 위한 것이 아니라 막연한 혼잣말 비슷하게 변해갔고, 결국은 그 버릇도 사라졌다. 그 사실을 깨달았을 때, 그는 이제 준비 기간이 끝났다고 생각했다.

이제는 그녀에게 편지를 보내지 않는다.

그녀에게서도 분명 편지가 오지 않을 것이다.

……그때를 떠올리다 보니 그 무렵 그가 품었던 타는 듯한 조바심이 새록새록 되살아났다. 그 감정이 지금 느끼는 감정과 너무나도 비슷했고, 결국 나는 아무것도 변한 것이 없구나 싶어 그는 적지 않게 놀랐다. 무지하고, 거만하고, 잔혹했던 그 무렵의 나. 아니, 그럼에도……. 그는 눈을 크게 뜨고 생각했다. 적어도 지금의 나에게는 소중히 여기는 사람이 확실하게 있다.

아마도 나는 미즈노를 좋아하는 것이리라.

다음에 만나면 내 마음을 전해야지. 그는 그렇게 마음먹고 문자 답장을 썼다. 이번에야말로 미즈노와 내 마음을 똑바로 봐야겠다고 생각하면서. 섬에서의 마지막 날, 스미다가 자신에게 그랬던 것처럼.

그날, 섬 공항에서.

서로에게 익숙하지 않은 사복 차림이었고, 강한 바람이 스미다의 머리카락과 공항 밖 거리의 전선과 피닉스 야자 잎을 흔들고 있었다. 그녀는 울면서, 그럼에도 그를 향해 웃으면서 말했다.

"토노를 줄곧 좋아했어. 지금까지 정말 고마웠어."

4

입사 3년 차에 배속된 팀에서 그의 일은 전환기를 맞이했다.

그가 입사하기 전부터 시작되었지만 오랫동안 삐걱거리던 프로젝트를 결국 회사 방침에 따라 애초 목표를 대폭 축소하여 종료시키기로 결정된 것이다. 말하자면 패전 처리 같은 것으로, 그에게 부서 이동을 명한 사업부장은 복잡하게 얽히고 덩치가 커진 프로젝트를 정리해서 어떻게든 쓸 만한 성과물을 건져내 피해를 최소한으로 줄이라고 지시했다. 요컨대 네 능력은 인정할 테니 가서 불합리한 고생도 하고 오라는 뜻인 듯했다.

처음에는 팀장이 시키는 대로 일을 했다. 하지만 그 방식대로라면 별 필요도 없는 서브루틴만 쌓일 뿐 오히려 사태가 악화되리라는 것을 금세 알아챘다. 그는 그것을 팀장에게 말했지만 들어주지 않았고, 어쩔 수 없이 한 달 동안 평소보다 더 많은 야근을 해야 했다. 그 한 달 동안 팀장이 지시한 대로 일을 처리하는 한편으로 그가 최선이라고 생각하는 방법으로도 같은 일을 처리해보았다. 결과는 명백했고 그가 생각하는 방법이 아니면 프로젝트는 수습되지 않을 것 같았다. 그 결과를 들고 다시 팀장과 담판을 지으려 했지만 호되게 질책만 당했을 뿐 아니라 두 번 다시 독단으로 일을 처리하지 말라는 말까지 들었다.

곤혹스러워진 그는 팀의 다른 사람들이 일하는 모습을 둘러보았다. 모두가 그저 팀장이 시키는 대로 일하고 있었다. 이래서는 프로젝트를 끝낼 수 없다. 첫 단추를 잘못 끼운 일은 근본적인 문제를 바로잡지 않는 한 계속 강행해보았자 더욱 복잡한 오류만 만들어낼 뿐이다. 더욱이 이 프로젝트는 첫 단추를 다시 끼우기에는 너무 멀리까지 와 있었다. 회사가 시키는 대로 최대한 잘 덮을 방법을 생각해야만 했다.

그는 고민 끝에 그에게 이동을 명한 사업부장에게 가서 의논했다. 사업부장은 이야기를 한참 들어주기는 했지만, 결론이랍시고 한다는 말이 결국 팀장의 체면을 세워주면서 프로젝트도 잘 마무리해보라는 것이었다. 그런 일은 불가능하다고 그는 생각했다.

그로부터 3개월 넘게 수확도 없는 일을 계속했다. 팀장도 자기 나름대로 프로젝트를 성공시키고 싶어 한다는 것은 알 수 있었지만, 그렇다고 해서 사태를 악화시키는 작업을 묵묵히 계속할 수는 없었다. 팀장에게 여러 번 혼이 나면서도 팀 안에서 오로지 그만이 독자적으로 일을 진행했다. 사업부장이 그의 그런 행위를 묵인해주고 있는 것 같다는 사실만이 위로라면 위로였다. 하지만 그를 제외한 다른 직원들이 그의 작업 성과를 웃도는 혼란을 매일같이 만들어댔다. 담배가 늘고 집에 와서 마시는 맥주량도 늘었다.

어느 날 견디다 못한 그는 사업부장에게 자신을 팀에서 제외해달라고 부탁했다. 그것이 안 되면 팀장을 설득해달라고. 그것도 안 되면 회사를 그만두겠다고.

결국, 그다음 주에 팀장이 부서를 이동하게 되었다. 대신 들어온 새 팀장은 다른 프로젝트까지 겸임하고 있어서 귀찮은 일을 떠맡게 한 그를 노골적으로 냉대했다. 하지만 적어도 일에서만큼은 합리적인 판단을 하는 사람이었다.

어쨌든 드디어 출구를 향해 걸을 수 있게 되었다. 일은 점점 바빠지고 직장에서는 점점 고독해졌지만 그는 열심히 일했다. 그렇게 하는 수밖에 없었다. 할 수 있는 일은 뭐든 했다.

그런 상황 속에서 미즈노 리사와 보내는 시간은 예전보다 훨씬 귀해져갔다.

1주나 2주에 한 번, 퇴근길에 그녀의 아파트가 있는 니시코쿠분지역에 들렀다. 만나는 시간은 밤 9시 반이었고 때때로 작은 꽃다발을 사 갔다. 회사 근처 꽃집은 밤 8시까지밖에 영업을 하지 않았기 때문에 그는 7시쯤 회사에서 빠져나와 꽃을 사서 전철역 물품 보관함에 넣어놓고 허겁지겁 회사로 돌아와 8시 반까지 다시 일을 했다. 그런 은밀한 행동이 즐거웠다. 그리고 혼잡한 추오선에서 꽃다발이 망가지지 않도록 조심하면서 미즈노가 기다리는 역으로 향했다.

토요일 밤에는 가끔 어느 한쪽의 집에서 묵었다. 그가 미즈노의 집에서 묵는 경우가 많았지만 미즈노가 오는 경우도 있었다. 서로의 집에는 칫솔이 두 개씩 있었고 그녀의 집에는 그의 속옷 몇 벌이, 그의 집에는 어느 틈엔가 조리 기구와 조미료가 놓였다. 지금까지는 절대 읽지 않았던 종류의 잡지가 집에 조금씩 늘고 있다는 사실이 그의 마음을 훈훈하게 했다.

저녁은 언제나 미즈노가 만들어주었다. 음식을 기다리는 동안 식칼 소리, 환풍기가 돌아가는 소리, 면이 삶아지고 생선이 구워지는 냄새를 맡으면서 그는 노트북으로 일을 했다. 그런 때 그는 정말로 평온한 마음으로 키보드를 두드렸다. 요리하는 소리와 키보드 두드리는 소리가 조그만 방 안을 상냥하게 채웠고, 그것은 그가 아는 가장 편안한 공간이자 시간이었다.

　미즈노에 대해 기억나는 것은 많다.

　예를 들어 식사가 그렇다. 미즈노는 언제나 굉장히 깔끔하게 식사를 했다. 삼치 살을 굉장히 깨끗하게 발라냈고 고기를 찢는 손가락 놀림은 물이 흐르는 듯했으며 파스타는 포크와 스푼을 요령껏 써서 넋을 잃고 구경할 만큼 고상하게 입으로 가져갔다. 그리고 커피잔을 감싸는 핑크빛 손톱과 촉촉한 뺨, 차가운 손가락, 머리카락 냄새, 달콤한 피부, 땀이 밴 손바닥, 담배 냄새가 옮겨간 입술, 안타까운 숨결.

　전철 선로 근처에 있는 그녀의 아파트에서 불을 끄고 침대 속으로 들어가 있을 때 그는 자주 창밖의 하늘을 올려다보았다. 겨울이 되면 아름다운 별이 보였다. 바깥은 아마도 얼어붙을 만큼 추울 테고 방 안 공기도 숨결이 하얘질 만큼 추웠지만, 벗은 어깨에 얹어진 그녀의 머리 무게는 따뜻하고 기분 좋았다. 그런 때 추오선 전철이 지나가는 덜컹거리는 소리는 아주 먼 나라에서 울려오는 낯선 언어처럼 귀를 울렸다. 지금까지와는 완전히 다른 장소에 있는 것 같은 기분이 들었다. 그리고 어쩌면 자신이 줄곧 오고 싶어 했던 장소가 바로 여기일지도 모른다고 생각했다.

　미즈노와 함께하면서 그는 자신이 지금껏 얼마나 목말라 있었는지, 얼마나 고독하게 지내왔는지를 깨달았다.

/////

그렇기 때문에 미즈노와 헤어지게 되었을 때, 그는 끝도 없는 어둠 속을 들여다본 것 같은 불안감에 휩싸였다.

3년간 나름대로 진심을 다해서, 나름대로 필사적으로 관계를 쌓아왔다. 그럼에도 결국 그들의 길은 도중에서 갈라졌다. 이제부터 이 길을 또다시 홀로 걸어야만 한다고 생각하자 그는 무겁고도 무거운 피로감 비슷한 것을 느꼈다.

그의 생각에 무슨 일이 있었던 것도 아니었다. 결정적인 사건도, 그 무엇도 없었다. 하지만 그럼에도, 아니 바로 그 때문에 사람의 마음은 결코 겹쳐지지 않고 흘러가버린다.

깊은 밤, 그는 창밖의 차 소리에 귀를 기울이면서 어둠 속에서 눈을 뜨고 필사적으로 생각했다. 자꾸만 흐트러지는 상념을 애써 억지로 끌어모았다. 한 조각의 교훈이라도 얻으려 했다.

……하지만 뭐, 하는 수 없다. 결국 언제까지나 함께할 수 있는 사람은 없는 것이다. 사람은 이렇게 상실에 익숙해져가야만 한다.

나는 지금까지도 그런 식으로 어떻게든 살아왔다.

///

그가 회사를 그만둔 것도 미즈노와 헤어지던 즈음이었다.

그렇다고 해서 그 두 사건이 관계가 있느냐고 물어본다면, 그도 알 수가 없었다. 아마 관계는 없는 것 같다. 업무 스트레스를 미즈노한테 터뜨린 경우도 여러 번 있었고 그 반대의 경우도 있었지만, 그런 것은 오히려 표층적인 사건이라고 생각한다. 그 무렵 자신은 어쩐지 말로는 설명이 불가능할 것 같고 불완전할 것 같은 것에 항상 얇게 덮여 있었던 것 같다. 하지만 그것이 원인일까?

잘 모르겠다.

회사를 그만두기 전 마지막 2년 정도의 기억은 이제 와 생각해보아도 꼭 꿈속처럼 몽롱하다.

언제부턴가 계절 구별이 굉장히 모호해졌고, 오늘 일이 어제 일 같았으며, 때로는 내일 자신이 무슨 일을 할지가 영상처럼 눈앞에 보이기도 했다. 일은 여전히 바빴지만 내용은 이미 똑같은 업무의 반복에 불과했다. 프로젝트를 완수하기 위한 설계도가 있어서 거기에 필요한 시간을 노동 시간에 따라 거의 기계적으로 산출해낼 수 있었다. 속도가 일정한 열차 안을 오로지 교통 표지에 따라 달려가고 있는 셈이다. 핸들도 액셀 러레이터도 거의 아무 생각 없이 조작할 수 있었다. 다른 사람과 대화할 필요조차 없었다.

그리고 언제부터인가 프로그래밍이나 새로운 테크놀로지나 컴퓨터 자체가 예전처럼 빛나 보이지 않게 되었다. 하지만 뭐, 원래 그런 법이라고 그는 생각했다. 소년 시절에는 그렇게나 눈부셨던 밤하늘이 어느 틈엔가 고개를 들면 그저 거기 있는 그런 존재가 되어 있는 것처럼.

한편 회사 내 그의 평판은 갈수록 높아졌다. 인사 고과 때마다 승급했고 상여금은 동기들 중에서 가장 높았다. 그는 생활비가 그다지 많이 필요하지 않았고 애초에 돈을 쓸 시간도 없었기 때문에 통장에는 어느새 지금껏 본 적 없는 액수가 쌓였다.

키보드 소리만이 조용히 울리는 사무실에서 의자에 앉아 입력한 코드가 설계되기를 기다리는 동안 그는 미지근해진 커피를 입에 댄 채로 신기한 일이야, 하고 생각했다. 사고 싶은 것도 없는데 돈만 차곡차곡 쌓인다.

농담처럼 그 이야기를 하자 미즈노는 웃어주었지만 그 후에 아주 살짝 슬픈 표정을 지었다. 미즈노의 그런 표정을 보고 있으니 누군가가 마음속 아주 깊은 곳을 직접 꽉 쥐어짠 것처럼 가슴이 조여왔다. 그리고 이유도 없이 슬퍼졌다.

가을이 시작될 무렵. 방충망을 통해 시원한 바람이 불어 들어오고 마룻바닥이 시원해서 앉아 있으니 기분이 좋았다. 그는 진한 청색 와이셔츠를 입고 넥타이를 풀어 헤친 복장이었고 그녀는 커다란 주머니가 달린 긴 치마에 진갈색 스웨터를 입고 있었다. 스웨터 위로 보이는 부드러운 가슴 곡선을 보자 그는 또다시 아주 조금 슬퍼졌다.

퇴근길에 미즈노의 집에 들른 것은 오랜만이다. 지난번에 왔을 때는 아직 에어컨을 틀었으니까. 그는 속으로 계산을 해보았다. ……그렇다, 거의 두 달 만이다. 서로 일이 바빠서 타이밍이 맞지 않았기 때문이지만 생각해보면 절대 만나지 못할 상황도 아니었던 것 같다. 아마 예전이라면 더 자주 만났을 테지. 그런데 이제는 서로 애써서 만나려고 하지는 않게 된 것이다.

"있잖아, 타카키는 어렸을 때 커서 뭐가 되고 싶었어?"

그가 쏟아내는 회사 욕을 한바탕 들어준 후 미즈노가 물었다. 그는 잠시 고민했다.

"그런 것은 없었던 것 같아."

"전혀?"

"응. 매일 사는 것만으로도 힘들어서."

그가 웃으며 말하자 미즈노가 "나도" 하고 웃으면서 접시에 담긴 배 한 조각을 입으로 가져갔다. 아삭 하는 경쾌한 소리가 울린다.

"미즈노도?"

"응. 학교에서 장래 희망을 물어보면 항상 난감했어. 그래서 지금 다니는 회사에 취직이 결정됐을 때 마음이 많이 놓였어. 이제 두 번 다시 장래 희망 따위 고민하지 않아도 되겠다 싶어서."

그는 "그래" 하고 대꾸하면서 미즈노가 깎아준 배로 손을 뻗었다.

되고 싶은 것.

그는 언제나 자신이 있을 자리를 찾아내기 위해 필사적이었다. 하지만 아직, 지금까지도, 자기 자신조차 되지 못한 것 같다. 뭔가를 따라가지 못하고 있는 것 같다. 진정한 자신이라든가 그런 것이 아니라, '아직은 도중에 불과하다'고 생각한다. 하지만 어디로 향하는 도중이란 말인가?

미즈노는 휴대 전화가 울리자 "잠깐만" 하더니 휴대 전화를 들고 복도로 나갔다. 그는 그 모습을 곁눈질로 지켜보다 담배를 입에 물고 라이터로 불을 붙였다. 복도에서 즐거운 음성이 조그맣게 들려왔고, 순간 그는 스스로도 놀랄 만큼 낯선 전화 상대를 격렬하게 질투했다. 얼굴도 모르는 남자가 미즈노의 스웨터 속 뽀얀 살결을 손으로 더듬는 광경이 눈앞에 떠올라서 순간적으로 그 남자와 미즈노를 격렬하게 증오했다.

고작 5분 정도밖에 안 되는 전화 통화였지만, 미즈노가 "회사 후배였어"라고 말하며 돌아왔을 때 왠지 그는 불합리하게 멸시당한 듯한 기분이 들었다. 하지만 그녀 잘못은 아니다. 당연하다. 그는 "응" 하고 대답하며 자신의 감정을 누르려고 담배를 재떨이에 비벼 껐다. '그런데 이것은 뭐지?' 하고, 그는 속으로 아연실색하며 생각했다.

다음 날 아침, 그들은 식탁에 앉아 오랜만에 아침을 함께 먹었다.

창밖으로 시선을 던지니 잿빛 구름이 하늘을 뒤덮고 있다. 조금 쌀쌀한 아침이다. 이렇게 둘이 함께 먹는 일요일 아침밥은 그들에게 굉장히 상징적이고 소중한 시간이었다. 휴일은 아직 고스란히 남아 있고 그 많은 시간을 원하는 대로 보내도 괜찮은 것이다. 마치 그들 앞에 놓인 인생처럼. 미즈노가 차려준 아침밥은 언제나 맛있고 그 시간은 분명 언제나 행복하다. 그럴 터였다.

칼로 자른 프렌치토스트에 스크램블드에그를 얹어 입으로 가져가는 미즈노를 보면서, 문득 여기서 먹는 아침은 이것이 마지막이지 않을까 하는 예감이 떠올랐다. 이유 같은 것은 없다. 그냥 그런 생각이 들었을 뿐이다. 그렇게 되기를 바라는 것도 아니고 다음 주도, 또 그다음 주도 그는 그녀와 아침을 먹고 싶었다.

하지만 실제로는 그것이 두 사람이 함께한 마지막 아침 식사가 되었다.

/////

그가 회사에 사표를 내기로 마음먹은 것은 앞으로 3개월 후 프로젝트가 끝나는 것이 확실해졌기 때문이다.

한번 그렇게 정하고 나니 실은 자신이 아주 오래전부터 퇴사를 생각하고 있었음을 깨달았다. 그는 지금 하는 프로젝트가 끝나면 한 달 정도 인수인계와 정리를 마치고, 가능하면 내년 2월 전까지 퇴사하고 싶다는 뜻을 팀장에게 전달했다. 팀장은 어느 정도 동정하는 말투로 그 이야기는 사업부장하고 의논해보는 것이 좋겠다고 했다.

사업부장은 사표를 쓰겠다는 그를 진심으로 말렸다. 처우에 불만이 있다면 얼마간 배려해줄 수 있고, 무엇보다 여기까지 와서 그만두는 것은 안 된다고 했다. 지금만 참고 넘기라고. 지금 하는 프로젝트가 힘들지 모르지만 그것만 끝나면 평판도 좋아지고 일도 분명 재미있어질 거라면서.

그럴지도 모른다. 그는 말로는 하지 않고, '하지만 이것은 제 인생입니다' 하고 속으로 생각했다. 대신 "처우에 불만은 없습니다" 하고 대답했다. 거기에 "지금 하는 일이 힘든 것도 아닙니다"라는 말도 덧붙였다. 거짓말은 아니다. 그는 그저 회사를 그만두고 싶을 뿐이다. 그 뜻을 전해도 사업부장은 이해하지 못했다. 무리도 아니다. 스스로 생각하기에도 잘 설명이 되지 않았으니까.

어쨌든, 약간의 실랑이가 있기는 했어도 퇴사는 1월 말로 결정되었다.

가을이 깊어지고 공기가 하루가 다르게 맑고 쌀쌀해지는 가운데 그는 마지막 일에 열중했다. 프로젝트 종료 기한이 명확해지자 그는 이전보다 훨씬 더 바빠져서 휴일도 거의 없었다. 집에 있는 짧은 시간 동안은 대개 정신없이 곯아떨어졌다. 그럼에도 항상 수면 부족이라 몸은 언제나 나른하고 열이 났으며, 매일 아침 출근길 전철에서는 심하게 구역질이 났다. 그런데 한편으로는, 괜한 생각을 하지 않아도 되는 생활이기도 했다. 그런 나날에 편안함마저 느꼈다.

사표를 내고 나면 회사 생활을 하기가 바늘방석일 줄 알았는데 실제로는 그 반대였다. 팀장은 서툴게 감사의 뜻을 표했고 사업부장은 새 직장까지 걱정해주었다.

"자네라면 나도 자신 있게 추천해줄 수 있거든."

사업부장은 그렇게 말했다.

"한동안은 쉴 생각입니다."

하지만 그는 그 호의를 정중히 사양했다.

간토 지방에 차가운 바람을 실어오는 태풍이 지나간 후, 그는 양복을 겨울용으로 바꿔 입었다. 어느 추운 아침에는 서랍에서 막 끄집어내서 아직 나프탈렌 냄새가 희미하게 나는 코트를 껴입었고, 또 어떤 날에는 미즈노가 선물한 머플러를 감고 점차 겨울을 몸에 둘러나갔다. 누구와도 거의 말을 나누지 않았고, 그것을 고통스럽게 여기지도 않았다.

미즈노와는 문자로 가끔, 그러니까 1주일에 한두 번 정도 연락을 했다. 답장이 오기까지 상당히 시간이 걸리게 되었지만 그녀도 바쁘겠거니, 그냥 그렇게 생각했다. 게다가 그것은 피차 마찬가지였다. 정신을 차려보니 같이 아침을 먹은 그날로부터 벌써 3개월이나 미즈노를 만나지 않았다.

하루 일을 마치고 추오선 막차에 지친 몸을 실을 때마다 그는 언제나 깊은 한숨을 토해냈다. 아주, 아주 깊은 한숨을.

심야의 도쿄행 전철은 한산했고 항상 술과 피로의 냄새가 희미하게 났다. 전철이 달리는 익숙한 소리를 들으면서 나카노 거리 너머에서부터 다가오는 고층 빌딩의 불빛을 보고 있자니 문득 자신이 하늘 높은 곳에서 아래를 내려다보고 있는 것 같은 느낌을 받았다. 땅을 기어가는 가는 빛이 선을 그리며 묘비 같은 거대한 빌딩을 향해 가고 있는 광경을 그는 선명하게 그려낼 수 있었다.

세찬 바람에 멀리 지상의 불빛들이 별처럼 반짝인다. 그리고 그는 그 가는 빛 속에 섞여 이 거대한 행성의 표면을 천천히 이동하고 있는 것이다.

전철이 신주쿠역에 도착하고 승강장에 내리기 직전, 그는 늘 자신이 앉아 있던 자리를 돌아보곤 했다. 묵직한 피로에 감싸인 양복 차림의 자신이 아직 거기 앉아 있을 것 같은 느낌을 도저히 떨쳐낼 수가 없었던 까닭이다.

그는 지금까지도 도쿄에 익숙해지지 못한 것이다. 역의 승강장 벤치에도, 여러 줄로 서 있는 자동 개찰구에도, 가게들이 늘어선 지하 통로에도.

/////

12월 어느 날, 2년 가까이 이어졌던 프로젝트가 드디어 끝났다.

끝나고 나니 의외다 싶을 정도로 별 감흥이 없었다. 어제보다 하루치만큼 피로가 짙어졌을 뿐이다. 커피 한잔의 휴식 시간만 챙긴 다음 퇴사 준비를 시작했다. 결국 그날도 막차를 타고 퇴근했다.

신주쿠역에서 내려 자동 개찰구를 빠져나온 후 서쪽 출구 지하의 택시 승강장에 줄이 길게 선 것을 보고야 그는 오늘이 금요일 밤임을 알아챘다. 게다가 오늘은 크리스마스다. 역 구내를 울리는 웅성거림 사이로 어딘가에서 징글벨이 조그맣게 들려온다. 그는 택시를 포기하고 걸어서 집에 가기로 하고 니시신주쿠 방면 지하도를 지나 고층 빌딩가로 나왔다.

심야의 이곳은 언제나 조용하다. 그는 빌딩 뿌리 쪽을 따라가듯 걸었다. 신주쿠에서 걸어서 집에 갈 때면 항상 이 코스였다. 별안간 코트 주머니에 넣어둔 휴대 전화가 진동했다. 멈추어 서서 심호흡을 한 번 한 다음 휴대 전화를 꺼냈다.

미즈노였다.

받을 수가 없었다. 왜인지 몰라도 받고 싶지 않았다. 그저 괴롭기만 했다. 하지만 뭐가 괴로운지 알 수가 없었다. 어떻게 하지도 못하고 우두커니 멈추어 선 채로 조그만 휴대 전화 액정에 표시된 '미즈노 리사'라는 이름을 물끄러미 쳐다보고 있었다. 휴대 전화는 몇 번 진동하다 잠시 후 뚝 하고 진동을 멈추었다.

가슴에서 갑자기 뜨거운 것이 치밀어 올라 그는 위를 올려다보았다.

마치 하늘을 향해 소실되어가듯 시야의 반을 시커먼 빌딩 벽면이 차지하고 있다. 벽면 창문에는 군데군데 불이 켜져 있고, 그 위에는 마치 호흡을 하듯 깜박거리는 붉은색 항공 장애등이 있다. 그리고 그보다 더 위에는 별이 보이지 않는 도시의 밤하늘이 펼쳐져 있다. 갑자기 하늘에서 수많은 작은 파편이 천천히 떨어지는 것이 보였다.

……눈이다.

'적어도 한마디라도…….'

그는 생각했다.

그 한마디만을 절실하게 원했다. 그가 바라는 것은 그 한마디뿐이건만 어째서 아무도 그 말을 해주지 않는 것일까. 염치없는 바람이라는 것은 알고 있지만 그렇게 바라지 않을 수가 없다. 오랜만에 본 눈이 가슴속 아주 깊은 곳에 있던 문을 열어버린 것 같았다. 그리고 한번 그것을 깨닫고 나자 자신이 지금껏 줄곧 그 말을 바라왔다는 사실을 분명하게 알 수 있었다.

오래전 어느 날, 그 애가 해주었던 말.

"타카키, 너는 분명 괜찮을 거야"라는 그 말을.

5

시노하라 아카리가 그 오래된 편지를 발견한 것은 이사를 앞두고 한창 짐을 정리하던 때였다.

그 편지는 벽장 안에 깊숙이 밀어 넣어놓았던 박스 안에 있었다. 박스 뚜껑을 봉한 테이프에는 그저 '옛날 물건'이라고만 적혀 있었기에(물론 자신이 옛날에 쓰던 물건이 맞겠지만) 그녀는 문득 흥미가 생겨 박스를 열어보았다. 그 안에는 초등학교 때부터 중학교 때까지 모은 잡다한 물건들이 들어 있었다. 졸업 문집, 수학여행 때 산 책갈피, 초등학생용 월간지 몇 권, 무엇을 녹음했는지 기억나지 않는 카세트테이프, 색이 바래버린 빨간색 책가방, 중학교 때 사용했던 가죽 가방……

추억 속 물건들을 하나씩 꺼내 구경하면서, 어쩌면 그 편지를 찾을 수 있을지도 모른다는 예감은 있었다. 그리고 박스 맨

밑에서 빈 쿠키 상자를 발견했을 때 그녀는 기억해냈다. 그랬다, 그녀는 중학교 졸업식 날 밤에 그 편지를 이 상자에 넣었다. 가방에서 꺼내지 못하고 오랫동안 가지고 다닌 편지였는데, 졸업을 계기로 떨쳐버리려고 여기 넣어둔 것이다.

뚜껑을 열자 중학교 때 아끼던 얇은 노트 사이에 그 편지가 끼워져 있는 것이 보였다. 그녀가 처음으로 쓴 연애 편지였다.

그것은 15년 전 좋아했던 남학생과 처음으로 데이트할 때 주려고 쓴 편지였다.

그녀는 떠올렸다. 그날은 눈이 한없이 조용하게 내리던 날이었다. 그녀는 겨우 열세 살이었고, 그녀가 좋아했던 남자아이는 전철로 세 시간이나 걸리는 곳에 살고 있었으며, 그날은 그가 전철을 갈아타고 그녀를 만나러 와주는 날이었다. 하지만 눈 때문에 전철이 지연되어 그는 결국 네 시간 넘게 지각하고 말았다. 그를 기다리는 동안 나무로 지어진 작은 역의 난로 앞 의자에 앉아 이 편지를 썼었다.

편지를 손에 쥐자 그때 느꼈던 불안함과 쓸쓸함이 되살아났다. 그 남학생을 좋아하던 마음도, 만나고 싶었던 마음도, 15년 전 일이라는 것이 믿어지지 않을 만큼 생생하게 기억났다. 마치 지금 가지고 있는 감정처럼 강하고 선명해서 그 잔혹한 눈부심에 당혹감을 느꼈을 정도다.

나는 정말로 숨김없이 그를 좋아했구나, 하고 그녀는 생각했다. 두 사람은 그 첫 번째 데이트에서 처음으로 키스를 했다. 그 키스 전과 후의 세상은 완전히 다른 느낌이었다. 편지를 건네지 못한 것은 그래서였다.

그런 일들을 지금도 꼭 어제 일인 양, 그렇다, 정말로 어제 있었던 일인 양 그녀는 기억해낼 수가 있었다. 왼손 약지에 낀 작은 보석이 달린 반지만이 15년이란 시간의 흐름을 말해준다.

그날 밤, 그녀는 그날의 꿈을 꾸었다. 아직 어렸던 그녀와 그는 눈이 내리는 조용한 밤, 벚나무 아래에서 천천히 떨어지는 눈을 올려다보고 있었다.

/////

다음 날, 이와후네역에는 가랑눈이 내리고 있었다. 구름이 적고 군데군데 파란 하늘이 보이는 것으로 보아 많은 눈을 뿌리진 않을 것 같았다. 그래도 12월에 눈이 내리는 것은 상당히 오랜만이었다. 게다가 그때 같은 폭설은 요 몇 년간 거의 없었다.

"설날까지 있으면 좋을 텐데."

"이것저것 준비할 것이 있어서."

어머니의 말에 그녀는 그렇게 대답했다.

"하긴 그렇겠지. 그 사람한테 맛있는 거라도 해주렴."

아버지의 말에도 "응" 하고 대답하면서, 그녀는 아버지, 어머니도 많이 늙었다는 생각을 했다. 하지만 그것도 당연하다. 이제 곧 정년퇴직할 연세니까. 그리고 그녀도 곧 결혼할 나이가 되었으니까.

오야마행 전철을 기다리면서, 그녀는 이렇게 부모님과 셋이서 역 승강장에 있으니 어쩐지 이상하다는 느낌이 들었다. 어쩌면 이곳으로 이사 온 이후로 처음 있는 일일지도 모르겠다.

그날, 도쿄에서 전철을 갈아타고 어머니와 둘이서 이 승강장에 내렸을 때 얼마나 불안했던지 그 느낌을 그녀는 지금도 기억한다. 먼저 와 있던 아버지가 역 승강장에서 기다리고 있었다. 이와후네는 원래 아버지의 고향이라 그녀도 어렸을 적에 몇 번 와본 적이 있는 곳이었다. 아무것도 없는 곳이라는 생각도 했지만 조용하고 좋은 곳이라는 생각도 했다. 그래도 거기에서 사는 것은 이야기가 달랐다. 우쓰노미야에서 태어나, 사물을 분간할 수 있게 되었을 무렵부터는 시즈오카에서 자랐고, 초등학교 4학년부터 6학년 때까지는 도쿄에서 보낸 그녀에게 이와후네역의 조그만 승강장은 굉장히 불안해 보였다. 자기가 살 곳이 아닌 것처럼 느껴졌다. 도쿄에 대한 강렬한 향수로 눈물마저 나올 것 같았다.

"무슨 일 있으면 전화해."

어머니가 어제부터 벌써 몇 번을 반복했던 말을 또 한다. 갑자기 부모님과 이 작은 마을이 사랑스러워진다. 이제 이곳은 떠나기 힘든 고향이다. 그녀는 웃으면서 상냥하게 대답했다.

"괜찮아. 다음 달에 식장에서 만날 테니까 걱정하지 마. 추우니까 이제 그만 들어가."

그녀가 그 말을 끝냄과 동시에 멀리서 료모선 전철이 다가오며 경적을 울려댔다.

늦은 오후의 료모선은 한산했고 그녀가 타고 있는 칸에는 그녀 혼자밖에 없었다. 가져온 책도 집중이 잘 안 되어서 그녀는 턱을 괴고 창밖을 바라보았다.

추수가 끝나고 아무것도 없는 벌판이 사방에 펼쳐져 있다. 그녀는 눈앞의 풍경 대신 눈이 두껍게 쌓인 풍경을 상상해보았다. 시간은 한밤중. 불빛은 저 멀리 손에 꼽을 수 있을 정도. 분명 창틀에는 성에가 잔뜩 끼어 있겠지.

……그것은 무척 불안한 풍경이었을 거라고 그녀는 생각했다. 공복감과 누군가를 기다리게 하고 있다는 죄책감을 잔뜩 안은 채로 이윽고 정차한 전철 안, 그 사람은 그 풍경 속에서 무엇을 보았을까?

……어쩌면.

어쩌면 그는 내가 집으로 돌아갔기를 바랐을지도 모르겠다. 다정한 사람이었으니까. 하지만 나는 몇 시간이든 그를 기다려도 괜찮았다. 만나고 싶어서 견딜 수가 없었다. 그가 오지 않을지도 모른다는 의심 따위는 털끝만큼도 하지 않았다. 그날 전철 안에 갇혀 있던 그에게 말해줄 수 있으면 좋겠다고 진심으로 생각한다. 혹시라도 그런 일이 가능하다면.

괜찮아요, 당신의 연인은 계속 기다리고 있을 테니.

당신이 만나러 오리라는 것을 그 여자아이도 분명 알고 있을 테니까. 그러니까 긴장한 몸에서 힘을 빼고. 부디 연인과의 즐거운 시간을 상상하라고. 당신들은 그 후 두 번 다시 만나지 못했지만 그 기적 같은 시간을, 부디 소중히 여기고 언제까지고 마음속에 간직해달라고.

그녀는 거기까지 생각하고는 자신도 모르게 웃음을 흘렸다. ……나도 참, 무슨 생각을 하는 것인지. 어제부터 그 남학생 생각만 하고 있다.

아마도 어제 발견한 편지 때문일 거라고 그녀는 생각했다. 혼인 신고 전날 다른 남자 생각만 하다니, 조금 불성실한가? 하지만 남편이 될 사람은 분명 그런 일에 신경 쓰지 않을 것이다. 그가 다카사키에서 도쿄로 전근이 결정된 것을 계기로 우리는 결혼을 약속했다. 소소한 불만을 말하자면 끝이 없겠지만, 그래도 나는 그를 몹시 사랑한다. 아마 그도 나를 사랑할 것이다. 그 남학생과의 추억은 이미 나의 소중한 일부이다. 먹은 음식이 살과 피가 되듯이 이제는 잘라낼 수 없는 내 마음의 일부.

타카키가 건강하게 지내고 있기를, 창밖으로 흘러가는 경치를 바라보면서 아카리는 기도했다.

6

그저 하루하루 살아가는 것뿐인데도 여기저기에 슬픔이 쌓여간다.

전등 스위치를 누르고 형광등에 비친 자기 방을 보면서 토노 타카키는 그렇게 생각했다. 마치 작은 먼지가 알게 모르게 두껍게 쌓이는 것처럼 어느 틈엔가 이 방에는 그런 감정이 가득 차 있다.

예를 들어 지금은 하나만 남겨진 욕실의 칫솔. 예를 들어 예전에는 다른 사람을 위해서 말렸던 하얀 시트. 예를 들어 휴대전화의 통화 기록.

평소와 똑같이 막차를 타고 집으로 돌아와 넥타이를 풀고 양복을 옷걸이에 걸면서 그는 그런 생각을 했다.

하지만 그런 식으로 따진다면 분명 미즈노가 훨씬 더 괴로

울 거라고, 냉장고에서 캔 맥주를 꺼내며 그는 생각했다. 미즈노가 이 집에 온 횟수보다 그가 니시코쿠분지에 있는 미즈노의 집에 들른 횟수가 더 많기 때문이다. 굉장히 미안한 마음이다. '그러려던 것은 아니었다'고. 배 속으로 부어 넣은 차가운 맥주가 집에 오는 길에 바깥 공기 때문에 차가워진 그의 체온을 또다시 빼앗는다.

　1월 말.

　회사 마지막 날에도 그는 평소와 똑같이 코트를 껴입고 회사로 갔다. 그리고 5년 동안 정들었던 자기 책상에 앉아 컴퓨터의 전원을 켰다. 시동이 걸리는 동안 커피를 마시며 그날 하루 작업 일정을 확인했다. 인수인계는 이미 끝났지만 퇴사하는 날까지 다른 팀을 위해서 작은 단발성 업무를 최대한 거들어주는 중이었다. 그리고 얄궂게도 그 일을 통해 그에게는 회사 안에서 친구라 부를 만한 사람이 몇 명 생겼다. 모두가 그의 퇴사를 아쉬워했고 오늘 밤에 환송회를 하자고 했지만, 그는 정중히 거절했다.

　"말씀은 고맙지만 평소처럼 일을 하고 싶습니다. 앞으로 한동안은 한가할 테니까 다시 불러주세요."

　저녁에는 예전 팀장이 그의 자리까지 찾아오더니 바닥을 보면서 "여러모로 미안했다"라고 조용히 중얼거렸다. 그는 조금 놀라며 "절대 그렇지 않습니다" 하고 대답했다. 그들이 대화를 나눈 것은 1년 전에 팀장이 다른 팀으로 이동한 후로 처음 있는 일이었다.

그는 키보드를 두드리면서 문득, 이제 두 번 다시 여기 오지 않아도 된다는 생각을 했다. 그것은 굉장히 신기한 느낌이었다.

—당신을 지금도 좋아해.

미즈노가 마지막으로 보낸 문자에는 그렇게 쓰여 있었다.

—앞으로도 계속 좋아할 거라고 생각해. 타카키는 지금도 상냥하고, 멋지고, 조금은 멀리 있는 내가 동경하는 사람이야.

—나는 타카키랑 사귀면서 사람이 이렇게나 쉽게 누군가에게 마음을 지배당할 수 있다는 것을 처음으로 알게 됐어. 나는 지난 3년간, 매일매일 타카키를 더 좋아하게 되었던 것 같아. 타카키의 말 한마디 한마디에, 문자 한 자 한 자에 기뻐하고 슬퍼했어. 별것 아닌 일로 심하게 질투해서 타카키를 많이 난처하게 만들었어. 그리고 염치없을지도 모르지만 그런 일에 조금 지쳐버린 것 같은 느낌도 들어.

—나는 이런 이야기를 반년쯤 전부터 타카키한테 여러 형태로 전하려고 해왔어. 하지만 아무리 애를 써도 제대로 전할 수

가 없었어.

　─타카키도 항상 말했듯이, 당신은 분명 나를 좋아해줬을 거라고 생각해. 하지만 우리가 서로를 좋아하는 방식은 약간 다를지도 모르겠어. 그 약간의 차이가 갈수록 조금 괴로워.

　마지막 퇴근도 역시 늦은 밤이었다.

　특히나 추운 밤이라 전철의 창은 결로 현상 때문에 온통 흐릿했다. 그는 그 너머로 스미는 고층 빌딩의 불빛을 바라보았다. 해방감도 없지만 다른 직장을 찾아야 한다는 조바심도 없다. 무슨 생각을 해야 할지 알 수가 없었다. 요즘은 아는 것이 별로 없다 싶어 그는 쓴웃음을 지었다.

　전철에서 내려 평소처럼 지하 통로를 지나 니시신주쿠의 빌딩가로 나왔다. 머플러나 코트도 전혀 도움이 되지 않을 만큼 밤공기는 차갑다 못해 따가울 정도였다. 대부분 불이 꺼져 있는 고층 빌딩이 꼭 오래전 멸망한 거대한 고대 생물처럼 보인다.

　그 거대한 몸체 사이를 천천히 걸으면서 생각했다.

　'나는 얼마나 어리석고 이기적인가.'

지난 10년 동안 여러 사람을 거의 아무런 의미도 없이 상처 입히고, 그것은 어쩔 수 없는 일이라고 스스로를 속이면서 자기 자신도 끝없이 망가뜨려왔다.

왜 좀 더 남을 진지하게 배려하지 못했을까. 왜 좀 더 다른 말을 해주지 못했을까. 걸음을 옮길수록 스스로도 거의 잊고 있던 온갖 후회가 마음 표면으로 떠올랐다.

멈출 수가 없었다.

"조금 괴로워"라던 미즈노의 말. 조금. 그럴 리가 없다. "미안했다"라던 그의 말. "아깝잖아"라고 말하던 그 목소리, "우린 이제 안 되는 걸까?"라던 학원의 여자아이, "상냥하게 대하지 말아줘"라던 스미다의 목소리와 "고마워"라고 했던 마지막 말. "미안해"라고 중얼거리던 전화기 너머의 그 목소리. 그리고.

"너는 분명 괜찮을 거야"라던 아카리의 말.

지금까지 심해 바닥에 있는 것처럼 소리가 없던 세상에서 갑자기 그 목소리들이 떠오르더니 그의 몸 밖으로 흘러넘쳤다. 동시에 온갖 소리가 흘러들어온다. 빌딩을 휘감는 겨울바람, 도로를 달리는 오토바이와 트럭과 온갖 자동차의 소리, 어딘가에서 광고 현수막이 펄럭이는 소리, 그것들이 뒤섞여 나직하게 울리는 도시 자체의 소리. 정신을 차려보니 세상은 소리로 가득 차 있었다.

그리고 뜨거운 오열. ……그것은 자신의 목소리였다.

15년 전 역에서 운 이래, 아마 처음으로 그의 눈은 눈물을 흘리고 있었다. 눈물은 멈추지 않고 끝도 없이 흘렀다. 마치 몸속에 숨기고 있던 커다란 얼음덩어리가 녹는 것처럼 그는 계속 울었다. 그것 말고는 달리 어찌할 방도가 없었다. 그는 생각했다.

단 한 명이라도 좋으련만. 어째서 나는 그 누구에게도 행복하게 다가서지 못한 것일까? 조금이라도.

흐릿해진 시야로 높이 200미터의 벽면을 올려다보니 저 높은 곳에서 깜박이고 있는 붉은빛이 보였다. 그렇게 운 좋게 구원의 손길이 내려올 리가 없지, 하고 그는 생각했다.

7

그날 밤, 그녀는 갓 찾아낸 오래전 편지를 조심스레 열어보았다.

봉투 안에서 꺼낸 편지는 어제 쓴 것처럼 새로웠다. 글씨체도 지금과 별로 달라지지 않았다.

조금 읽어보다 다시 조심스럽게 봉투에 집어넣었다. 언젠가 더 나이를 먹으면 다시 한 번 읽어볼 생각이다. 아직은 분명 이르다.

그때까지 소중히 간직해둘 생각이다.

/////

타카키에게

잘 지내?

약속 잡을 때는 오늘 이렇게 눈이 많이 올 줄 짐작도 못했었지? 전철도 지연되는 것 같더라. 그래서 나는 타카키를 기다리는 동안 편지를 쓰기로 했어.

바로 앞에 난로가 있어서 여기는 따뜻해. 그리고 내 가방 안에는 항상 편지지가 들어 있지. 언제라도 편지를 쓸 수 있도록. 이 편지를 나중에 타카키한테 줄 생각이야. 그러니까 너무 일찍 도착해도 곤란해. 부디 서두르지 말고, 천천히 와줘.

오늘 만나면 굉장히 오랜만에 보는 거지? 무려 11개월 만이야. 그래서 나는 사실 살짝 긴장하고 있어. 만났는데 서로 못 알아보면 어떡하나, 그런 생각도 해. 그래도 여기는 도쿄에 비하면 굉장히 작은 역이라 서로 못 알아보는 불상사는 없을 테지만. 하지만 교복을 입은 타카키도, 축구부에 들어간 타카키도 아무리 열심히 상상해봐도 꼭 내가 모르는 사람처럼 느껴져.

음, 무슨 말을 쓰면 될까.

아, 맞다. 우선은 고맙다는 인사부터. 지금껏 제대로 전하지 못했던 내 마음을 쓸게.

내가 초등학교 4학년 때 도쿄로 전학 왔을 때 타카키가 있어줘서 정말 다행이라고 생각해. 친구가 되어줘서 기뻤어. 타카키가 없었으면 나한테 학교는 훨씬 괴로운 장소가 됐을 거야.

그래서 나는 사실 타카키랑 헤어져서 전학 가고 싶은 마음이 전혀 없었어. 타카키랑 같은 중학교에 가고, 함께 어른이 되고 싶었어. 그것은 내가 줄곧 바라던 일이었어. 지금은 여기 중학교에도 그럭저럭 익숙해졌지만(그러니까 너무 걱정하지 마). 그렇지만 하루에도 몇 번씩 '타카키가 있다면 얼마나 좋을까' 하는 생각을 하곤 해.

그리고 이제 곧 타카키가 훨씬 더 먼 곳으로 이사 가버린다는 사실이 나는 굉장히 슬퍼. 지금까지 도쿄와 도치키에 떨어져 있었지만 '그래도 나한테는 여차하면 타카키가 있으니까'라는 생각을 줄곧 가지고 있었어. 전철을 타고 가면 금방 만날 수 있으니까. 하지만 이번에는 규슈라니, 너무 멀어.

앞으로는 나 혼자서도 잘 해나갈 수 있어야만 하겠지. 과연 그렇게 할 수 있을지 조금 자신이 없지만……. 그래도 그렇게 해야만 하는 거야. 나도, 타카키도. 그렇지?

그리고 이것만큼은 꼭 말해둬야겠어. 오늘 내 입으로 전하고 싶지만, 말을 하지 못했을 때를 대비해 편지에 써버릴게.

나는 타카키를 좋아해. 언제 좋아하게 됐는지 이제는 기억나지 않아. 굉장히 자연스럽게, 어느 틈엔가 좋아하게 됐어. 처음 만났을 때부터 타카키는 강하고 다정했어. 타카키는 나를 언제나 지켜줬지.

타카키, 너는 분명 괜찮을 거야. 어떤 일이 있어도 타카키는 반드시 훌륭하고 다정한 어른으로 자랄 거라고 생각해. 앞으로 아무리 먼 곳으로 가버린다 해도 나는 분명 계속 타카키를 좋아할 거야.

부디 그 사실을 기억해줘.

/////

어느 날 밤, 그는 꿈을 꾸었다.

이사 준비 중이라 박스가 쌓여 있는 세타가야구의 방에서 그는 편지를 쓰고 있었다. 좋아하는 여자아이와의 첫 데이트에서 건네줄 생각이었다. 결국은 바람에 날려가버려서 그녀의 손에 건네주지 못하게 된 편지였다. 꿈속의 그는 그 사실을 알고 있었다.

그래도 이 편지를 써야만 한다고 그는 생각했다. 설령 누구도 보지 못하더라도. 이 편지를 쓰는 일이 자신에게 필요하다는 것을 그는 알고 있다.

그는 편지지를 넘겨 마지막 장에 글자를 적어 넣는다.

/////

어른이 된다는 것이 구체적으로 어떤 것인지 나는 아직 잘 모르겠어.

하지만 언제가 한참 후에 어딘가에서 우연히 아카리를 만나게 되더
라도 부끄럽지 않을 사람이 되고 싶어.

그것을 나는 아카리와 약속하고 싶어.

아카리를 줄곧 좋아했어.

부디, 부디 건강하기를.

안녕.

8

4월, 도쿄 거리는 벚꽃으로 물들어 있었다.

동틀 때까지 일을 한 탓에 그때부터 잠을 자기 시작해 점심 무렵이 되어서야 일어났다. 커튼을 열자 창밖은 햇살로 가득했다. 봄 안개에 가려져 흐릿한 고층 빌딩의 창문들 하나하나가 햇빛에 기분 좋게 빛나고 있다. 주상 복합 빌딩 사이로 군데군데 만개한 벚꽃이 보인다. 도쿄에는 정말로 벚꽃이 많구나, 하는 생각을 새삼 한다.

회사를 그만두고 3개월. 그는 지난주부터 오랜만에 일을 시작했다. 지난 직장의 연줄로 설계부터 프로그래밍까지 혼자다 맡아서 하는 작은 일감을 의뢰받았다. 앞으로도 프리랜서 프로그래머로 일할지, 자신에게 과연 그 일이 가능할지는 알 수 없지만 슬슬 뭔가 시작해야겠다는 마음은 들었다.

간만에 해보는 프로그래밍은 의외일 정도로 재미있었고 손가락 열 개로 키보드를 두드리는 감촉 자체가 즐거웠다.

버터를 얇게 바른 토스트와 우유를 듬뿍 넣은 카페오레로 아침을 먹었다. 설거지를 하면서 요 며칠 일을 제법 많이 했으니 오늘은 쉬어야겠다고 마음먹었다.

그는 얇은 재킷을 걸치고 바깥으로 나와 정처 없이 거리를 걸었다. 온화한 바람이 때때로 머리카락을 흔드는 기분 좋은 날이었고 공기에서는 늦은 오후의 냄새가 났다.

회사를 나온 이후 그는 거리에 시간대별로 각각 다른 냄새가 있다는 사실을 몇 년 만에 기억해냈다. 이른 아침에는 그날 하루를 예감케 하는 이른 아침만의 냄새가 있고, 저녁에는 하루의 마지막을 상냥하게 감싸주는 저녁만의 냄새가 있다. 별밤에는 별밤만의 냄새가 있고 흐린 날에는 흐린 날만의 냄새가 있다. 그것은 인간과 도시와 자연의 작업이 하나로 뒤섞인 냄새였다. 상당히 많은 것을 잊고 있었구나, 하고 그는 생각했다.

주택가 좁은 골목길을 천천히 걸으면서 목이 마르면 자판기에서 커피를 뽑아 공원에서 마셨고, 교문 밖으로 뛰어나와 그를 추월해 달려가는 초등학생들의 뒷모습을 무심히 바라보기도 했으며, 육교 위에서 쉬지 않고 이어지는 차량의 행렬을 구경하기도 했다. 주택과 주상 복합 빌딩 너머로 신주쿠의 고층 빌딩들이 보였다 사라지곤 했다. 그 뒤로는 마치 파란색 물감을 듬뿍 풀어놓은 물처럼 푸른 하늘이 펼쳐졌고 흰 구름 몇 개가 바람결에 흘러가고 있었다.

그는 철도 건널목을 건너고 있었다. 철도 건널목 옆에는 커다란 벚나무가 서 있었고, 그 근방 아스팔트는 떨어진 벚꽃 잎으로 새하얗게 물들어 있었다.

천천히 떨어지는 벚꽃을 보며 문득,

초속 5센티미터다,

하고 생각했다. 건널목의 경보가 울리기 시작했고, 그리움이 감도는 그 소리는 봄날 대기와 섞여 주위를 울렸다.

눈앞에서 한 여성이 걸어오고 있었다. 하얀 구두로 콘크리트를 밟는 또각또각 경쾌한 소리가 철도 건널목 경보음 틈새로 끼어든다. 그리고 건널목 중앙에서 두 사람은 스쳐 지나갔다.

그 순간, 그의 마음에서 희미한 빛이 깜박였다.

그대로 계속 걸어가면서, 지금 뒤를 돌아보면 분명 저 사람

도 뒤를 돌아볼 것이라는 생각이 강하게 들었다. 아무런 근거도 없으면서, 확신했다.

건널목을 다 건넜을 때, 그는 천천히 뒤로 돌아 그녀를 보았다. 그녀도 이쪽을 천천히 돌아본다. 그리고 눈이 마주친다.

마음과 기억이 요란하게 술렁거린 순간, 오다큐선 급행이 두 사람의 시야를 가로막았다.

그는 생각했다. 이 전철이 지나간 후에, 그녀는 그곳에 있을까?

······어느 쪽이든 상관없다. 만약 그녀가 그 사람이라면, 그것만으로도 충분히 기적 같은 일이다.

이 전철이 지나가면 앞으로 나아가자. 그는 그렇게 마음속으로 다짐했다.

초속 5센티미터

작가 후기

5 Centimeters
per Second

이 소설 『초속 5센티미터』는 제가 감독한 애니메이션 영화 「초속 5센티미터」가 원작입니다. 다시 말해 제 애니메이션 작품을 제가 소설화했다는 뜻입니다. 그렇지만 영화를 보지 않았어도 즐겁게 읽으실 수 있도록 노력했습니다. 원작 영화를 보지 않으신 분도 재미있게 읽어주세요. 그래도 영화와 소설은 상호 보완적인 부분이 있고 의도적으로 달리한 부분도 있습니다. 영화를 먼저 보든 소설을 먼저 읽든 둘 다를 접한다면 더 재미있게 감상할 수 있지 않을까 싶습니다.

영화 「초속 5센티미터」는 2007년 3월에 시부야 시네마라이즈에서 처음 공개되었습니다. 제가 이 소설을 쓰기 시작한 것도 같은 시기였고, 그 후 약 4개월 동안 무대 인사를 하러 전국

각지의 영화관을 돌아다니면서 집에 와서는 소설을 썼습니다. 이 책의 바탕이 된 그 소설은 잡지 「다 빈치」에 매월 연재되었던 터라 영화관에서 관객분들로부터 영화 감상과 소설 감상을 동시에 듣기도 했기에 제게는 매우 도움이 되었고 기쁜 시기였습니다.

영상으로 표현할 수 있는 것과 문장으로 표현할 수 있는 것은 다릅니다. 표현 면에서는 영상(과 음악)이 더 편한 경우도 많지만, 굳이 영상을 필요로 하지 않는 감정도 있습니다. 이 책을 집필하는 작업은 그런 것을 생각하게 해주는 자극적인 경험이기도 했습니다. 앞으로도 저는 영상을 만들기도 하고, 그것으로는 부족해서 문장을 쓰기도 하고, 혹은 그 반대로 작업하거나 문장 같은 영상을 만들거나 하는 일을 계속해나갈 거라고 생각합니다.

이 책을 읽어주신 분들께 진심으로 감사드립니다.

2007년 8월

신카이 마코토

해설

5 Centimeters
per Second

니시다 아이(아이돌 · 서평가)

　첫사랑이 이루어지지 않는 것은 드문 일도 아니지만.

　2007년에 발표된 애니메이션 작품「초속 5센티미터」를 보고 그야말로 오로지 기억 속에서만 볼 수 있을 것 같은 아름다운 풍경에 매료되었다. 잔혹할 정도로 반짝이는 풍경, 야마자키 마사요시의「One more time, One more chance」가 흐르는 마지막 장면이 인상적이었다. 이 애니메이션은 개봉 당시 여러 논쟁을 불러일으켰다. 우울한 애니메이션이다, 아니다 해피 엔딩이다, 애초에 주인공이 왜 그렇게 첫사랑에 연연하는 것인가 등 지방에 사는 중학생이었던 내 귀에도 결말에 대하여 팬들 사이에 오간 논쟁 내용이 들려왔을 정도였다.

이 책은 2007년 5월부터 잡지 「다 빈치」에 연재되었던 작품으로, 애니메이션 「초속 5센티미터」를 신카이 마코토 감독이 직접 소설화한 작품이자 그의 첫 소설이기도 하다. 같은 해 11월에 단행본이 출간되었고 2012년에 MF문고 다 빈치에서 문고판으로 제작되었다. 이번이 두 번째 문고판이다.

영화에서는 볼 수 없었던 '그들'의 다른 면이 문장으로 선명하게 드러난다.

제1화 「벚꽃 이야기」

무력한 어린 시절의 기억은 그 무력함을 이유로 책임에서 벗어날 수가 있다. 하지만 어른이 되면 그럴 수가 없다. 눈앞의 상대, 눈앞의 현실에 스스로 책임감을 가지고 대처해야만 한다. 조금 조숙했던 소년 타카키는, 자신과 마찬가지로 주위로부터 조금 동떨어져 있던 소녀를 만난다. 전학을 반복해온 두 사람에게 다른 이와의 유대란 어른들의 사정에 의해 갑자기 끊길 수 있는 관계를 의미했다. 어린아이의 시간과 거리는 어른의 그것보다 훨씬 길고 멀다. 이제부터 뭔가 시작되려는 찰나, 두 사람은 또다시 어른들의 사정 때문에 헤어진다. 나가노에서 도쿄로, 그리고 다네가시마로. 부모님의 일 때문에 유랑해왔던 타카키가 유일하게 마음을 연 상대가 아카리였다.

'어째서 항상 이렇게 돼버리는 걸까.'

아카리와 다른 중학교에 가게 되었을 때, 아카리를 만나러 가다 전철이 멈추었을 때, 또 아카리와 멀리 떨어진 규슈로 이사하게 되었을 때. 그때부터 타카키의 마음에 잠재된 체념. 아카리와의 마지막 추억이 아름다웠기 때문에 더욱 뒤를 돌아보지 않을 수가 없었다.

제2화 「코스모너트(Cosmonaut)」

나가노에서 도쿄로 왔던 전학생이 이번에는 도쿄에서 가고시마로 전학했다.

진로를 고민하는 마지막 여름, 좋아하는 남학생을 온 마음을 다해 쫓아가는 여학생 카나에는 타카키만을 보고 있다. 다네가시마에 사는 소녀의 눈으로 본 고교생 타카키는 눈부시다. 그녀는 타카키를 가질 수 없었다. 하지만 그녀에게는 바다가 있다. 타카키에게는 그것이 없었던 것이다.

제3화 「초속 5센티미터」

새콤달콤한 사랑의 추억이 쓸쓸함으로 변한다. 3인칭으로 진행되는 어른 타카키의 삶은 빈말로라도 눈부시다고 표현할 수가 없다. 타카키가 스스로 선택한 도시는 도쿄였다. 하지만 대학도, 직장도, 연인의 옆자리마저도 '진정한 자신'이 될 수 있는 장소는 되지 못했다. 어린 시절에 몸에 배어버린 체념을 좀처럼 떨칠 수가 없다. 필사적으로 살며 환경에 적응해왔지만 그 후의 자유는 자유가 아니라 마치 구멍 비슷한 것처럼 느껴진다. 뻥 뚫린 심장의 구멍을 연애로 메우려는 시도는 종종 있는 일이다. 하지만 아카리가 지나치게 특별했다. 모든 것이 딱 들어맞은 첫사랑은 기적과도 같은 것이다. 그녀가 해준 인정의 말은 굉장히 특별했지만 어른이 된 지금은 효력을 잃었다.

타카키는 아카리를 지키는 기사가 될 수 없었다. 마법을 풀어야만 했다.

마지막 장면……. 그는 기적에 의해 앞으로 나아갈 수 있게 되었다. 그 기적은 아주 살짝 등을 밀어준 것에 불과했다. 자신의 힘으로 앞으로 나아가게 된 것이다. 어른의 거리와 시간은 어린아이 때에 비하면 짧고 가깝다.

주인공 '나'가 자신을 찾을 때, 자신을 되찾고자 할 때. 연애나 그 비슷한 관계, 여성을 세상과 자신의 매개체로 삼는 이야기는 많다. 신카이 마코토가 영향을 받았다고 밝힌 무라카미 하루키의 작품에도 그런 여성들이 많이 등장한다. 하지만 이 작품은 우화가 아니다. 영상도, 그리고 그것을 연상시키는 이 책의 묘사도, 잘 풀리지 않은 첫사랑도, 잿빛 어른 시대도 모든 토대에 리얼리티가 있다. 그림자가 있는 그 리얼리티가, 언뜻 보기에 너무도 눈부신 이 작은 사랑 이야기에 어른들을 몰두하게 만드는 것 같다.

초속 5센티미터

5 Centimeters per Second

2020년 5월 15일 1판 1쇄 인쇄 | 2022년 1월 25일 1판 4쇄 발행

지은이 신카이 마코토 | **옮긴이** 김혜리 | **발행인** 정욱 | **편집인** 황민호
콘텐츠4사업본부장 박정훈 | **편집기획** 김순란 강경양 | **디자인** 어나더페이퍼
마케팅 조안나 이유진 이수정 | **국제판권** 이주은 김준혜 | **제작** 심상운 최택순
발행처 대원씨아이(주) | **주소** 서울특별시 용산구 한강로 3가 40-456
전화 (02)2071-2018 | **팩스** (02)749-2105 | **등록** 제3-563호 | **등록일자** 1992년 5월 11일

www.dwci.co.kr

ISBN 979-11-362-3442-1 (03830)

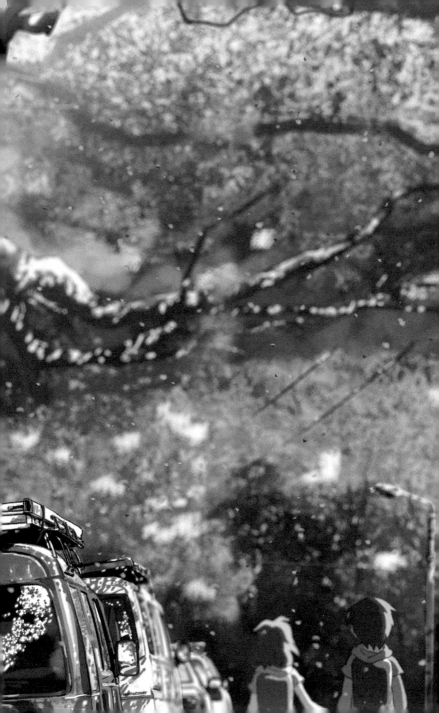